Das Logbuch

ist euer Hilfsmittel bei der Verbrecherjagd! Die Mitglieder der Pferdebande notieren hier alles, was ihnen im Verlauf der Ermittlungen wichtig erscheint.

Dein magisches Hufeisen

macht Verschlüsseltes sichtbar! Lege es auf die mit dem Hufeisen gekennzeichneten Stellen und drehe es so lange, bis du die darunter liegenden Buchstaben deutlich lesen kannst. So verrät es dir jeweils die Lösung auf die Fragen.

Karin Müller

Die Pferdebande

und der Spuk auf der Insel

Mit Illustrationen von Peter Klaucke

Schneider Buch
EGMONT

Karin Müller
wurde in Kitzingen am Main geboren. Sie studierte Angewandte Kulturwissenschaften an der Universität Lüneburg und arbeitete als Redakteurin für Zeitungen, Zeitschriften und Hörfunk. Die Pferdeleidenschaft der Autorin begann schon als Kind. Heute lebt Karin Müller mit ihrer Tochter Carlotta und ihren beiden Pferden, einem Trakehner und einer Araber-Lipizzaner-Stute, sowie ihrer schwedischen Labrador-Collie-Hündin meist irgendwo zwischen Hannover und Schweden.

Peter Klaucke
wurde 1943 geboren. Er hat in Köln Kunst studiert und arbeitet seither als Illustrator. Sein künstlerisches Können und seine Vielseitigkeit hat er bereits in über hundert Büchern für Kinder, Jugendliche und Erwachsene unter Beweis gestellt. Peter Klaucke wohnt mit seiner Frau und Tochter und vielen Tieren in Frechen.

Inhalt

1. Fliegende Ponys 9
2. Die Sage vom Geisterpferd 22
3. Ein gefährlicher Ausritt 37
4. Philipp auf der Flucht 52
5. Spannende Neuigkeiten 69
6. Eine heiße Spur? 78
7. Überraschung im Wald 91
8. Der Keltenschatz 104

1. Fliegende Ponys

„Das ist nicht Ihr Ernst, oder?“ Philipp sah mit großen Augen von der mannshohen, länglichen Holzkiste zu dem Seemann und wieder zurück. Sein Pflegepony Lujah sah er lieber nicht an. Denn das sollte in diese schmale, oben offene Kiste hinein, um zum ersten Mal in seinem Leben zu fliegen.

„Der Wasserstand ist zu niedrig. Wir kriegen das Pferd nicht über den Steg an Bord. Wenn ihr mitwollt, wird der Dicke fliegen müssen“, erklärte der Fährmann zum wiederholten Mal und schnaufte. Er sah den alten Stallmeister vorwurfsvoll an.

Doch Schmidtchen stopfte sich erst einmal in aller Ruhe seine Pfeife.

„Du zuerst“, beschloss Philipp und schubste Karolin an. Seine Schwester stand mit blassem Gesicht neben ihm und Chris und den gesattelten Pferden an der Mole. Ein paar Meter weiter gingen die Passagiere der kleinen Inselfähre zu Fuß an Bord. Allerdings führte der Steg in der Tat steil nach unten, und zwei Seeleute passten auf, dass niemand stürzte. Das Boot lag sehr tief im Wasser.

Die Holzkiste war so schmal, dass ein Pferd gerade so hineinpasste – und oben herausgucken konnte. Sie hing an vier Stahlseilen an einer kleinen Winde. Normalerweise brachte man in diesen Kisten Motorräder und ähnliche Sperrgüter an Bord, die zu breit für den Steg waren. Und manchmal verfrachtete man damit eben auch Pferde auf die Fähre, die zu der autofreien Nordseeinsel fuhr.

Hier wollte die Pferdebande mit ihren Ponys drei Wochen Ferien machen. Lujah hatte Husten, und dagegen war Seeluft das Beste.

Karolin rührte sich nicht vom Fleck. Käffchen gähnte. Die Kinder hatten den Ponys mit Schmidtchens Hilfe ein leichtes Beruhigungsmittel ins Maul gespritzt. Bis hierher hatte alles prima geklappt, aber wie ging es weiter? Die Ponys mussten doch nicht wirklich mit dieser schaukelnden Kiste an Bord dieses Schiffchens gebracht werden?

„Ich mach's", verkündete Chris todesmutig und zog Wildfang hinter sich her. „Kann ich mit in die Kiste?"

Der Seemann schob seine Mütze aus der Stirn, murmelte etwas Unverständliches in seinen Bart und schüttelte den Kopf. Er sah nicht begeistert aus.

Als Wildfang den Kistenboden beschnüffelte und zögernd stehen blieb, nahm er Chris den Halfterstrick aus der Hand. „Lass mich man machen", brummte er in breitem norddeutschen Singsang.

Geschickt führte er Wildfang in den kleinen Verschlag, indem er selbst außen daran entlangging.

Die kleine Traberstute sah verblüfft über die Bretterwand. Der Seemann streichelte sie beruhigend am Kopf und zog den Strick dann sanft, aber stetig nach unten. Schmidtchen befestigte einen zweiten Strick, den die Männer an Wildfangs Halfter eingehakt hatten. Der Kopf der dunklen Stute verschwand im Inneren der Kiste.

„Oh du lieber Gott", stöhnte Karolin und nestelte nervös an Käffchens Mähne herum.

Die Seeleute hatten inzwischen den Motor des kleinen gelben Krans angeworfen. Plötzlich begann die Kiste mit Wildfang darin zu schweben, stieg höher, glitt seitwärts und senkte sich sanft über dem Schiffsdeck. Es ging eigentlich alles ganz schnell und einfach.

„Cool!“, sagte Chris und rannte mit einer Möhre in der Hand über die kleine Brücke zu Fuß an Bord.

An Deck nahm sie Wildfang entgegen, die etwas verdutzt, aber lammfromm rückwärts aus der Kiste trat und herzhaft in die Möhre biss, die Chris ihr hinhielt.

Die Seeleute hievten die Transportbox mit dem Kran zurück an Land.

„Na? Wer ist der Nächste?“, fragte der Mann mit dem Bart und der Schiffermütze und grinste.

Philipp und Karolin sahen sich an. Zu dumm, dass immer nur ein Pferd in diese übergroße Apfelsinenkiste passte.

„Ladys first“, schlug Philipp vor.

Karolin schnitt eine Grimasse. Die Unschlüssigkeit der beiden dauerte den Seeleuten zu lange. Entschlossen griff der Kollege des Bärtigen Lujah am Halfter.

Zu Philipps Erstaunen ging sein sonst so störrischer Haflinger dem Matrosen brav hinterher. Seelenruhig stiefelte er in die Transportbox, als ob er

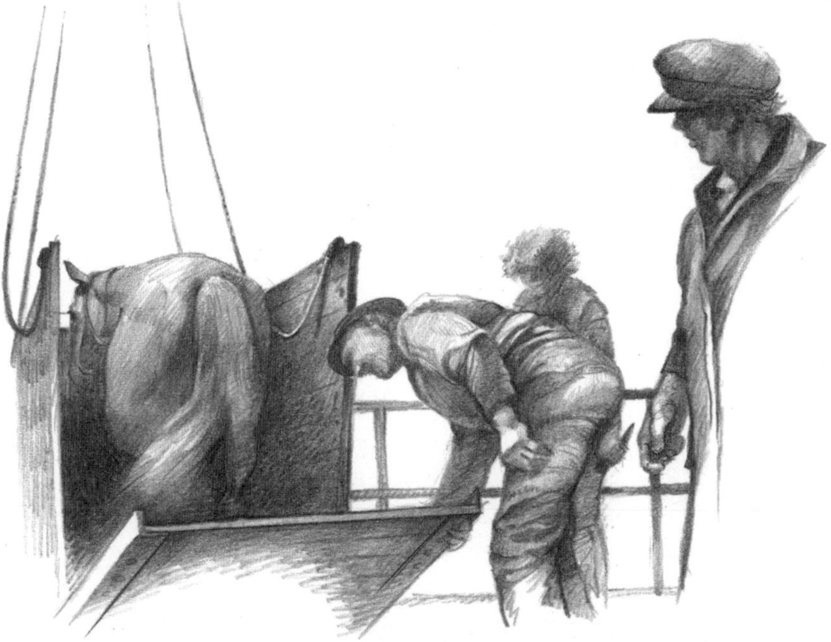

das jeden Tag mindestens viermal tun würde. Schmidtchen brauchte nur noch die Klappe hinter dem breiten Pferdepopo zu verschließen. Wieder wurde der Kopf des Pferdes fast auf Bodenhöhe festgebunden. Und schon ging es ab in die Luft und hinüber aufs Schiff. Doch die Höhe und das leichte Schwanken schienen Lujah nicht zu gefallen. Philipp stöhnte, als die ganze Kiste gefährlich zu schlingern begann. Sein Pflegepony polterte von einem Huf auf den anderen.

Philipp sah zu den Seeleuten am Kran hinüber, die

seinen Lujah mit mächtigen Schimpfworten bedachten.

„Oh, oh“, machte Karolin und schloss die Augen. „Ob schon mal Pferde von da oben runtergefallen sind?“

„Das ist jetzt nicht die passende Frage“, zischte Philipp und ging ein paar Schritte Richtung Kran. Vor lauter Nervosität zerbröselte er all die Leckerlis, die er in der Jackentasche für seinen Haflinger bereithielt. „Bleib oben, bitte bleib oben“, murmelte er und sah gebannt zu den Stricken hinauf. Die würden doch wohl nicht gleich reißen, nur weil ein kleiner Haflinger in der Kiste herumtanzte, oder? Na gut, Lujah war etwas dicker als andere Pferde, aber das musste so eine Kiste doch aushalten! Ein Motorrad wog doch sicher mehr als ein kleines, etwas übergewichtiges Pony …

Schmidtchen legte dem Jungen beruhigend die Hand auf die Schulter. „Wird schon gut gehen“, murmelte er.

Immer mehr Menschen versammelten sich am Kai und sahen der Aktion zu.

„Warum tun Sie denn nichts?“, fragte Philipp ängstlich.

Der Seemann schüttelte brummig den Kopf. „Solange der Kerl da oben rumzappelt, können wir ihn nicht absenken. Die Kiste haut uns sonst gegen das Schiff oder kloppt den Mast und die halbe Ladung kaputt. Mach ihm das klar da oben!"

Philipp wusste nicht genau, ob der Seebär den lieben Gott oder sein Pony meinte. Er schickte sicherheitshalber zuerst ein Stoßgebet gen Himmel. „Lieber Gott, wenn du mein Pony heil hier runterbringst, esse ich mindestens einen Monat lang auch meine Erbsen auf." Philipp hasste Erbsen. Das war ein hartes Opfer. Dann redete Philipp inständig auf Lujah ein, der dort oben zwischen Himmel und Erde baumelte. „Auch wenn du mich nicht hören kannst, du kleines, stures Pony. Halt jetzt bloß still!"

Philipp erschien es wie eine Ewigkeit, bis Lujah zu zappeln aufhörte und die Kiste etwas weniger schaukelte.

Ein Raunen ging durch die Menge, als die Transportbox sich schließlich sicher neben Chris und Wildfang senkte. Leise brummelnd begrüßte die Stute den Haflinger. Der stieg etwas unsicher aus der Kiste. Auch Philipp rannte nicht so schnell wie Chris zu ihm hinüber aufs Schiff. Das ging nämlich schlecht mit butterweichen Knien.

Nun war Karolin an der Reihe.

„Ich weiß nicht, ob ich das kann", sagte sie zu Schmidtchen, als ihr der Seemann Käffchens Führleine aus der Hand nahm.

„Das kriegen wir schon geschaukelt", sagte der Bärtige und lachte dröhnend über seinen eigenen Witz. Die anderen Matrosen und ein paar der Umstehenden stimmten mit ein, aber Karolin war gar nicht zum Scherzen zumute.

„Das ist nicht witzig", schimpfte Karolin, aber so leise, dass es der Seemann nicht hören konnte.

„Die machen das schon", meinte auch Schmidtchen, klopfte seine Pfeife aus und nahm die Rucksäcke der Kinder an sich, die sie in der Aufregung am Kai hatten stehen lassen.

„Komm, Karo. Wirst sehen, gleich hast du deine Dicke wohlbehalten wieder."

An Schmidtchens Hand kletterte Karolin vorsichtig über die kleine Brücke an Bord zu den anderen. Sie sah lieber nicht nach oben. Und auch nicht in die Gesichter der Leute, die nach oben sahen.

Als sie Philipp, Chris und die beiden Ponys fast erreicht hatten, duckte Karolin sich instinktiv. Hinter ihr tauchte ein großer Schatten auf. Bis sie begriff, dass das Käffchen in der Kiste über ihr war, setzte ihre Stute auch schon zur Landung an. Alles war glatt gegangen, und Käffchen schien von ihrer Flugreise nicht besonders beeindruckt zu sein.

„Also, öfter muss ich das aber nicht haben“, sprach Philipp aus, was Karolin dachte, als die kleine Fähre sich tuckernd in Bewegung setzte. „Ich bin klatschnass geschwitzt. Und ihr?“

„Ja, ich finde auch, dieser Schiffsmotor verbreitet eine Affenwärme“, bestätigte Chris augenzwinkernd.

„Mir scheint, die Beruhigungsmittel hättet eher ihr gebraucht als die Pferde“, schmunzelte Schmidtchen und sah von einem Kind zum anderen. „Na, wie wäre es jetzt mit einem Käsebrötchen?“

„Ich weiß nicht, ob ich jetzt was essen kann“, meinte Karolin. Sie standen an Deck des Schiffes, umgeben von ein paar kleinen Containern und einem halben Dutzend Fahrrädern. Und inmitten all dieser Kästen und Kisten warteten die Pferde, sahen hinaus aufs Meer und dösten abwesend vor sich hin, als ob sie die ganze Aufregung nichts anginge. Nicht einmal die kreischenden Möwen oder die platt gedrückten Kindernasen an den Fensterscheiben im Inneren der Fähre brachten sie aus der Fassung.

Der Himmel war grau und wolkenverhangen. Die Luft roch salzig und schmeckte auch so, wenn man sich die Lippen leckte. Es blies, und Käffchens Mähne wehte im Wind. Die Fähre schaukelte leicht, sodass die Kinder manchmal ihr Gleichgewicht suchen mussten. Für die Pferde war es leichter, sie konnten sich auf vier Beinen ausbalancieren.

„Na?“, fragte Schmidtchen noch einmal und hielt Karolin ein köstlich duftendes Brötchen unter die Nase. Da griff sie doch zu. Aufregung macht hungrig, und sie war sehr aufgeregt.

Kaum hatten sie sich gestärkt, tauchte vor ihnen auch schon der kleine Inselhafen auf. Der Kapitän tutete zur Begrüßung dreimal, und das war das einzige Mal, dass die Ponys auf der ganzen Überfahrt die Köpfe hoben und die Ohren spitzten.

„Müssen sie jetzt wieder fliegen?“, fragte Karolin entsetzt, als sie sich dem Anleger näherten.

„Ich sehe keinen Kran“, stellte Chris fest. Es klang fast ein wenig enttäuscht.

Schmidtchen grinste breit. „Bergauf können eure Pferdchen doch gut laufen, oder nicht? Ihr werdet sehen, von Bord kommen wir leichter.“

Und tatsächlich: Käffchen kletterte über den steilen Holzsteg mit der dünnen Eisenbrüstung, als sei es gar nichts.

Karolin wollte es kaum glauben. Bei sämtlichen Übungen zu Hause auf dem Reitplatz von Gut Hohenhain stellte Käffchen sich schon an, wenn sie nur zwischen zwei Stangen in Brusthöhe hindurchgehen sollte.

„Die sind wahrscheinlich froh, wieder festen Boden unter die Hufe zu bekommen“, vermutete Chris, als sie sicher am Hafen standen.

„Und wohin müssen wir jetzt?“, fragte Philipp. Suchend sah er sich um. Die von Bord gegangenen Insulaner und Touristen schlugen zielstrebig einen kleinen, gepflasterten Weg ein, der hinter den Deich führte. Viele radelten, und einige wurden mit dem Pferdewagen abgeholt. Ein paar kleine Elektroautos nahmen Gepäckstücke und Frachtkisten vom Schiff auf ihre Ladefläche und fuhren davon.

„Sollen wir auch da lang?“, fragte Philipp und zeigte in Richtung des schmalen Weges. Lujah zerrte ungeduldig am Strick und zog Philipp hinter sich her auf eine kleine Rasenfläche. Anscheinend hatte die Überfahrt sich nicht nur auf den Appetit der Kinder ausgewirkt.

Schmidtchen schüttelte den Kopf und gab dem vorwitzigen Haflinger einen Klaps. „Wir werden da hinten erwartet.“ Er zeigte mit der Pfeife auf eine kleine Kutsche, die ein wenig abseits an der Kaimauer stand. Der Kutscher – oder vielmehr die

Kutscherin – winkte den Neuankömmlingen fröhlich zu.

„Tante Hertha!“, kreischte Chris unvermittelt, lief los und ließ Wildfang hinter sich hertraben.

Die anderen folgten ihr langsam.

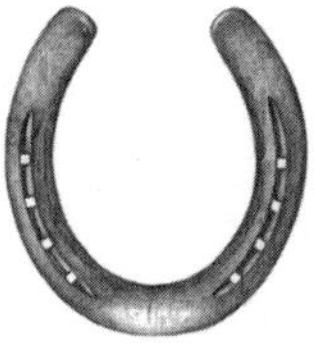

Kannst du dir denken, warum die Seeleute den Pferden den Kopf so weit nach unten gebunden haben?

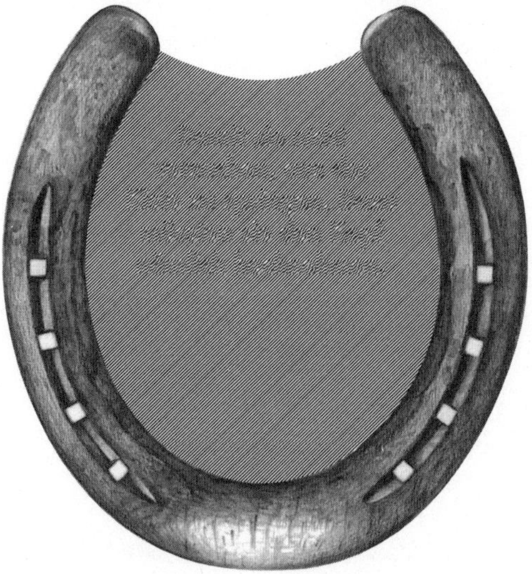

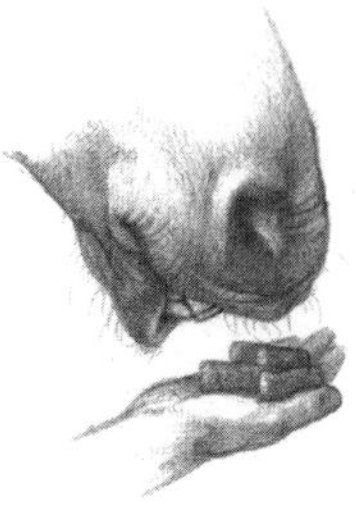

2. Die Sage vom Geisterpferd

Logbucheintrag vom 10. Oktober, 17 Uhr 35

Liebes Logbuch,

du wirst es nicht für möglich halten, aber wir sind tatsächlich alle heil auf der Insel angekommen. Jetzt liegen zwei herrliche Wochen Ferien mit den Pferden vor uns! Strandritte, Wattwanderungen, Drachen steigen lassen, vielleicht sogar mit den Ponys im Meer schwimmen – na gut, dafür ist es wohl schon zu kalt ... ach, egal!
Eigentlich hat es so gesehen sogar etwas richtig Gutes, dass Lujah seinen Husten nicht loswird. Chris' Eltern haben beschlossen, dass er sich am Meer richtig auskurieren soll, bevor der Winter

kommt. Zum Glück hat Chris Verwandte hier, und die haben uns alle eingeladen. Sogar Schmidtchen durfte mit. Aber ich glaube, das liegt auch daran, dass unsere Eltern uns die Reise mit den Ponys allein nicht zugetraut haben. Meine Güte, wenn wir ihnen erzählen, dass die Pferde geflogen sind – das glaubt uns niemand! Zu dumm, dass wir das nicht fotografiert haben. So, jetzt gibt's Abendbrot, und dann wollen wir noch den Pferden Gute Nacht sagen, bevor es ganz dunkel ist.
Liebe Grüße,

Karolin

Karolin verstaute das Logbuch der Pferdebande unter ihrem Kopfkissen in dem kleinen Gästezimmer, das sie sich in den nächsten zwei Wochen mit ihrer Freundin Chris teilen würde.

Philipp hatte ein eigenes Zimmer bekommen, schräg gegenüber auf der anderen Seite des Ganges. Aber während seine Fenster nach hinten raus gingen, konnte man vom Zimmer der Mädchen aus herrlich weit über die Dünen und das Meer sehen. Und die endlose Pferdeweide, die bis ins Watt hi-

neinreichte, sah man von hier drüben auch viel besser. Dort unten grasten jetzt auch Lujah, Wildfang und Käffchen. Sie hielten sich ein wenig abseits von den sieben anderen Pferden, die Hertha und Jonas Jansen gehörten. Aber es würde sicher nicht lange dauern, bis die drei in die kleine Herde eingegliedert waren und sich zwischen den anderen Ponys tummelten.

Es dämmerte bereits. Karolin begann, mit offenen Augen zu träumen. Von all den Abenteuern, die sie in den kommenden vierzehn Tagen hier erleben würden. Vielleicht würden sie Seehunde sehen oder Robben. Und sie würden sicher mit der Kutsche einkaufen fahren, denn Autos waren hier auf der Insel verboten. Und sie würde endlich Zeit haben, all die Bücher zu lesen, die sie im Sommer nicht geschafft hatte, weil dauernd etwas los gewesen war.

Die Pferdebande, also Karolin, Chris und Philipp, hatte nämlich eine anstrengende Zeit hinter sich. Nicht wegen der Schule, nein, sondern weil sie immer wieder über Verbrechen oder andere Straftaten gestolpert waren, die sie zusammen aufgeklärt hatten.

Aber diesmal hatten sie das Logbuch wirklich nur als Ferientagebuch mitgenommen. Sonst schrieben sie dort alle Ereignisse und Hinweise hinein, die wichtig sein konnten, um Übeltäter zu überführen. Mit all den Fotos, Bildern, Stofffetzen und anderen Spuren war das Logbuch mittlerweile ganz schön dick geworden. Zu Hause lag es natürlich immer an einem sicheren Ort: im Geheimversteck, das sich auf dem Heuboden über dem Pferdestall von Gut Hohenhain befand. Dort lebte Chris mit ihrer Familie.

Aber jetzt, in den Herbstferien, würden Philipp

und Karolin endlich auch einmal auf einem richtigen Pferdehof wohnen, genau wie Chris mit ihrer Familie.

„Karolin!“, rief Philipp. „Wo steckst du?“

Karolin schrak hoch und hätte fast die kleine Kerze umgestoßen, die auf dem Fensterbrett stand. Ihr Bruder riss ohne anzuklopfen die Tür auf.

„Was machst du hier?“, fragte er. „Alle warten schon. Wir wollen essen. Wo bleibst du? Bist du eingeschlafen?“ Ungeduldig hopste er von einem Fuß auf den anderen. „Herr Jansen hat schon den Kamin angemacht. Ich hab ihm geholfen, die Holzscheite hereinzutragen. Und morgen werfen wir Raufutter von der Tenne und packen Heu und Stroh. Ist das nicht toll?“

Karolin grinste. „Ist ja gut. Du wirst ein richtiger Bauer, ganz ruhig bleiben.“

Philipp streckte ihr die Zunge heraus und schob

seine Schwester zur Tür. „Chris hat geholfen, die Pferde zu füttern, und Schmidtchen hat rote Grütze gekocht und den Tisch gedeckt."

„Rote Grütze?" Karolin beeilte sich, die Treppe noch vor ihrem Bruder hinunterzukommen. Schmidtchen war ein toller Koch. Eigentlich war er ja als Stallmeister zu Chris' Eltern gekommen, beziehungsweise – eher umgekehrt. Denn Schmidtchen gab es schon immer auf Gut Hohenhain. Schon bevor Chris' Eltern den Hof gekauft hatten jedenfalls. Der alte Stallmeister wusste nicht nur alles über Pferde, Reiten und Fahren – er war auch Kindermädchen für Chris gewesen, als sie klein war. Und er kochte und backte für das kleine Café, das zum Ferienbetrieb des Gutes gehörte. Außerdem konnte er alles Mögliche reparieren.

„Mit Vanillesoße?", rief Karolin in die kleine Küche des Friesenhäuschens, in dem Hertha und Jonas Jansen lebten. Außer Schmidtchen saßen schon alle am gedeckten Tisch.

„'türlich", brummte Schmidtchen, ohne sich vom Herd umzudrehen.

Schnell setzten sich Karolin und Philipp neben Chris auf die noch freien Plätze. Es roch herrlich, nach frisch gebackenem Brot, Käse, Kräutern, allerlei Aufstrichen – und nach roter Grütze und Vanillesoße.

„Erst gibt es was Vernünftiges", mahnte Schmidtchen und drohte spielerisch mit dem Kochlöffel in Chris' Richtung, die ihren Finger in die Schale mit dem Obstnachtisch gestippt hatte.

„Und außerdem haben wir hier auch schon den Löffel erfunden", sagte Tante Hertha und schmunzelte. „Mit den Fingern essen wir zumindest keine Grütze!"

Alle lachten. Sie sprachen ein Tischgebet, und

dann langten alle kräftig zu. Philipp aß vier Scheiben des köstlichen Hafer-Dinkelbrotes. Die anderen hatten ebenfalls großen Appetit. Nach der zweiten Schale Grütze mit Vanillesoße streikte auch Karolin und gähnte herzhaft.

„Ja, Seeluft macht müde", meinte Jonas Jansen und grinste breit. „Schafft ihr denn überhaupt noch eine Geschichte am Kamin?"

„Aber sicher doch, Herr Jansen", antwortete Philipp, bevor jemand widersprechen konnte. Doch das hatte eh niemand vor. Chris hatte den Geschwistern schon seit Wochen den Mund wässerig gemacht mit der Erzählkunst von Onkel Jonas.

„Eine Sache stellen wir aber gleich mal klar, junger Herr", wandte sich Jonas Jansen an Philipp und beugte sich zu ihm. „Für euch bin ich Onkel Jonas, klar? Dieses ‚Herr Jansen', das kannst du auf dem Festland lassen!"

„Aye, aye, Kapitän", sagte Philipp mit roten Ohren und nickte wie ein Wackeldackel.

Karolin grinste verstohlen, da fuhr Onkel Jonas auch zu ihr herum. „Und für dich gilt das auch, min Deern."

Chris wollte sich ausschütten vor Lachen, als ihre

beiden Freunde sich unter Onkel Jonas' gestrengem Seebärenblick kaum noch zu rühren wagten.

„Nun jag doch den Kindern nicht so einen Schrecken ein, Jonas“, schimpfte seine Frau.

„Na, wenn sie das schon nicht abkönnen …“, gab Onkel Jonas in gespielter Entrüstung zurück und richtete sich auf, „… dann werden sie auch nicht die Geschichte vom spukenden Geisterpferd verkraften können. Also, was ist?“, fragte er die Kinder und zog die buschigen weißen Augenbrauen hoch.

„Doch, klar“, sagte Philipp schnell. „Das verkraften wir. Bitte!“

Auch Karolin und Chris nickten. Sie eilten Onkel Jonas hinterher, als er sich ächzend von der Küchenbank erhob und in seinen Pantoffeln ins Wohnzimmer an den Kamin schlurfte.

„Und ich mach uns einen schönen Tee dazu“, verkündete Tante Hertha und reichte Schmidtchen die Pfeifen der beiden Männer und einen Aschenbecher.

Bei Onkel Jonas' Geschichten verging die Zeit wie im Flug. Als die alte Standuhr im Flur neun Uhr abends schlug, waren die Kinder ganz erstaunt. Karolin hatte sich mit einem Kissen vor dem Bauch in eine Ecke des breiten Sofas gekuschelt und bemühte sich redlich, die Augen offen zu halten. Es war doch gerade so spannend. Die graue Katze Minka lag zu ihren Füßen und schnurrte.

Chris' Hund Mumpitz lag hinter dem Ohrensessel, in dem Schmidtchen Platz genommen hatte. Ihm war es in seinem Winterfell am Kamin entschieden zu heiß.

Philipp und Chris saßen neben Minka auf dem gemütlichen Sofa. Und Tante Hertha hatte in einem Sessel am Fenster Platz genommen und strickte einen Schal.

„… und wenn Sturm ist und die Gischt den Strand peitscht, wenn die Wellen sich meterhoch türmen und donnernd wieder brechen – dann sehen heute noch manche Wagemutige den Schimmel über die Dünen jagen“, berichtete Onkel Jonas mit heiserer Stimme.

„Und das soll das Pferd von dem Keltenprinzen sein?“, fragte Chris.

„Kelte, Wikinger oder ein Prinz aus dem fernen Afrika … ein Königssohn war er jedenfalls“, erklärte Onkel Jonas schulterzuckend. „Fern der Heimat ist er gestorben, und sein Pferd wacht über ihn und seine Schätze und alle, die es gut mit ihm meinen. Aber wenn jemand seine Totenruhe stört oder wenn Unheil für die Insel droht, dann soll er sich hüten, nicht unter die donnernden Hufe dieses Geisterpferdes zu geraten.“

„Hui“, machte Chris und streckte sich gähnend. „Ob ich jetzt schlafen kann? Das ist ja gruselig! Bestimmt werde ich von spukenden Seepferdchen träumen, die mich beim Wattlaufen in die große Zehe beißen." Sie zwinkerte Schmidtchen zu und kicherte.

Onkel Jonas zeigte mit dem Stiel seiner Pfeife auf sie. „Nimm dich in Acht, Mädchen. Spotte besser nicht. Das Geisterpferd haben schon einige gesehen, und ihnen sind über Nacht die Haare grau geworden darüber. Wenn ihr mir nicht glauben wollt – morgen machen wir einen kleinen Inselrundgang. Da zeige ich euch das Hügelgrab. Dann seht ihr mit eigenen Augen, dass ich kein Seemannsgarn gesponnen habe."

„Wow", machte Philipp und stieß Karolin an, der die Augen nun doch zugefallen waren. „Hast du das gehört?"

„Was?", Karolin schreckte hoch und gähnte herzhaft.

„Wir gucken uns morgen das Geisterpferd und sein Grab an!"

„Echt?", meinte Karolin und stand auf. „Aber jetzt geh ich ins Bett."

Chris verabschiedete sich ebenfalls. „Schlaft gut!", wünschte sie allen. Dann ging sie mit Mumpitz hinter Karolin die Treppe hinauf.

Philipp schüttelte den Kopf. „Mädchen!“, stieß er hervor.

Schmidtchen legte ihm die Hand auf die Schulter. „Du wirst schon sehen. Sie kommen trotzdem morgen mit.“

Vor dem Schlafengehen zog Philipp vorsichtig das Logbuch unter dem Kopfkissen seiner Schwester hervor, nahm es mit in sein Zimmer und machte noch einen Eintrag.

Logbucheintrag, 21.49 Uhr

Hallo Logbuch,

die Mädchen haben ja keine Ahnung. Onkel Jonas kann echt tolle Geschichten erzählen. Die von dem Geisterpferd hat mir am besten gefallen. Es gehörte einem keltischen Prinzen, der hier im Nebel mit seinem Schiff gestrandet ist und als einziger Überlebender von den Fischern gesund gepflegt wurde. Eines Tages hat er das Pferd und noch drei weitere aus einem Priel gerettet, als die Flut kam. Zum Dank bekam er den Hengst geschenkt. Onkel Jonas

sagt, sonst sei niemand mit dem Pferd zurechtgekommen, aber die beiden wären einfach füreinander bestimmt gewesen. Tag für Tag sind sie den Strand abgeritten und haben Ausschau gehalten, ob ein Schiff kommt, um den Prinzen abzuholen. Doch die Jahre vergingen, und schließlich heiratete der Prinz ein Mädchen von der Insel und wurde hier sesshaft. Und dann kam sein Schiff endlich, aber ein Sturm zog auf, und das Licht vom Leuchtturm drohte zu verlöschen. Da ist er mit seinem Pferd auf den Deich geritten, um den Seefahrern zu leuchten. Mit seiner Hilfe haben sie den Weg in den Hafen gefunden. Aber der Prinz ist dabei mit seinem Pferd in die Fluten gestürzt und ertrunken. Er liegt hier begraben und sein Pferd auch, unter einem Riesenhügel, sagt Onkel Jonas. Mit lauter Schätzen, die ihm seine Leute zur Beerdigung mitgegeben haben. Sein Pferd spukt noch heute hier herum, und man sieht es immer, wenn es Sturmflut gibt oder wenn jemand die Grabesruhe stört. Wie aufregend!
Gute Nacht!

Philipp

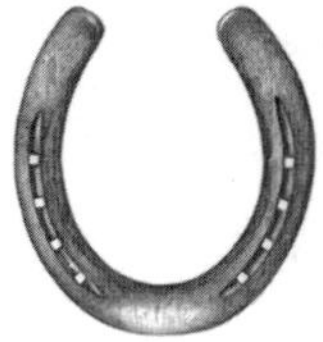

Weißt du eigentlich, was richtige Seepferde sind?

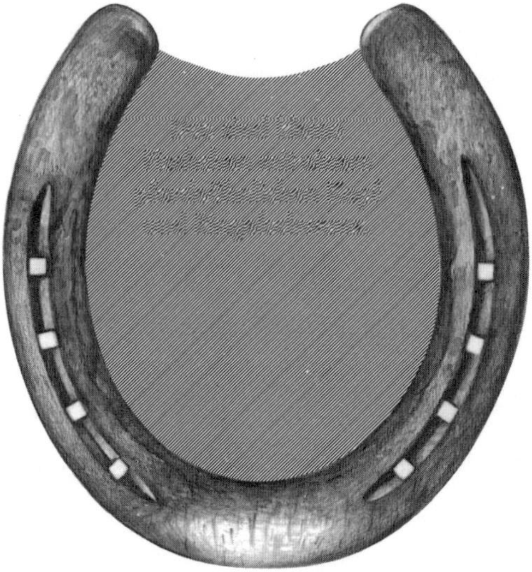

3. Ein gefährlicher Ausritt

Am nächsten Morgen mussten Onkel Jonas und Schmidtchen jedoch zuerst die Kutsche reparieren, wenn sie keinen Ärger mit Tante Hertha riskieren wollten.

„Erst die Arbeit, dann der Ausflug“, schimpfte sie. Im Sommer hatten ein paar übermütige Touristen mit der Kutsche einen Achsenbruch erlitten. Jetzt war Onkel Jonas froh, in Schmidtchen einen fachkundigen Helfer gefunden zu haben. Er hatte die Reparatur seit Wochen vor sich hergeschoben, und nun drohte Tante Hertha mit Eintopfentzug. Allein die Aussicht, dass sie in der Küche streiken könnte, reichte aus, um die beiden Männer in die Werkstatt zu treiben.

Anfangs war Philipp enttäuscht. Aber dann fand

auch er es klasse, dass sie die Insel erst einmal allein zu Pferd erkunden konnten.

Die Sonne schien, und trotz des Windes war es erstaunlich warm. Schade war nur, dass Mumpitz zu Hause bleiben musste. Aber der Weg, den sie sich ausgesucht hatten, führte durch das Vogelschutzgebiet – und da waren selbst im Herbst keine Hunde ohne Leine erlaubt.

Lujah schnaubte zufrieden, als die Kinder einen kleinen Sandweg durch die Dünen einschlugen. Es war mehr ein Trampelpfad, aber als Reitweg ausgewiesen, und er führte direkt durchs Naturschutzgebiet.

Um sie herum flogen Möwen auf und landeten zwischen Schilf und Binsengräsern. Sie sahen auch andere Vogelarten zwischen Strandflieder und Heidegewächsen, deren Namen nicht einmal Karolin kannte.

„Das muss ich nachschlagen", sagte sie nur immer wieder.

Die Ponys waren frisch und übermütig. Es schien ihnen auf der Insel gut zu gefallen, und sie wollten ihre angestaute Energie austoben.

„Ich dachte, das hättet ihr auf der Weide erledigt",

rief Chris ihrer Stute zu, die ungeduldig mit dem Kopf schüttelte und darauf drängte, dass ihre Reiterin ihr endlich die Zügel freigab.

Schließlich lenkte Chris ein. „Wollen wir galoppieren?“, rief sie Philipp und Karolin zu, die hinter ihr ritten. Doch das war eigentlich mehr eine Feststellung als eine Frage.

Während Karolin sich schnell eine Strähne von Käffchens langer Mähne um die Hand wickelte, um sich festzuhalten, nickte Philipp stürmisch und stieß ein wildes Indianergeheul aus.

Lujah spitzte die Ohren. Wenn das nicht das Signal für einen rasanten Galopp war!

Im Nu flogen die Kinder auf lang gestreckten Pferdeleibern dahin. Karolin fühlte die geballte Kraft ihrer Stute unter sich. So schnell war sie noch nie geritten. Sie hatte alle Hände voll zu tun, ihren Rhythmus zu finden und das Gleichgewicht zu behalten.

Das Tempo war so rasant, dass sie sich in die Steigbügel stellen und weit nach vorn lehnen musste. Als sie aus den Dünen herauskamen und den endlosen Sandstrand erreichten, peitschte ihr der Wind Käffchens Mähne ins Gesicht. Ihre Augen tränten, und sie konnte kaum noch etwas sehen. Aber es war herrlich. Sie musste einfach laut juchzen und jubeln. Und das trieb Käffchen nur noch mehr an. Es roch nach Salz und Algen und Meer. Irgendwann spürte Karolin Spritzwasser auf ihrer Haut. Chris hatte Wildfang an die Meereskante gelenkt, und nun ritten sie im flachen Wasser durch die Wellen.

Schließlich wurden sie langsamer, und die Ponys fielen in einen schnellen Trab. Käffchen prustete und schnaubte. Karolin wischte sich Wasser und Haare aus dem Gesicht und richtete sich auf. Sie atmete tief durch. Sie war oben geblieben! Mit zittrigen Fingern streichelte sie ihr Pony und tätschelte ihm den Hals.

„War das nicht irre?“, rief Chris über die Schulter zurück und strahlte.

Karolin nickte stumm.

Philipp rief: „Boah! Wahnsinn! Wollen wir gleich noch mal?“

Chris lachte. „Ich glaube, die Ponys brauchen jetzt erst mal eine Verschnaufpause.“

Sie zügelte Wildfang und ließ ihre Stute neben Käffchen und Lujah im Schritt zurückfallen. „Denk dran, dass Lujah zur Erholung hier ist", erinnerte sie lachend.

„Alles in Ordnung?", fragte sie Karolin.

„Klar", erwiderte die Freundin ein wenig außer Atem. „Ich wusste gar nicht, wie schnell Käffchen laufen kann."

„Das macht die Weite", erklärte Chris und zeigte mit der Gerte über den Strand.

Karolin sah sich um. Kein Mensch war zu sehen. Der Strand war fast weiß, bestimmt fünfzig Meter breit und endlos lang. Die Sonne war allerdings verschwunden. Es hatte sich zugezogen.

„Wo sind die alle?", fragte Philipp.

„Die Touristen und die Badestrände sind mehr auf der anderen Seite", erklärte Chris. „Hier am Nordende der Insel ist ein Paradies für Reiter, vor allem jetzt im Herbst, wo man an den Strand darf."

„Ist das sonst verboten?", fragte Philipp.

„Ja, im Sommer schon. Da könnte man sonst einen Springparcours über Handtücher und Liegestühle machen."

„Das hätte doch was", sagte Philipp grinsend.

Karolin kniff die Augen zusammen und beugte sich im Sattel vor. „Was ist das da hinten?", fragte sie und zeigte aufs Meer. Dicke graue Schwaden hingen über den Wellen.

„Oh, da kommt Nebel auf. Und die Flut steigt. Lasst uns lieber umkehren. Ich habe mich einmal in so einer wabernden Suppe auf der Insel verritten, das muss nicht sein." Chris wendete ihre Stute und trabte an. „Los, kommt", rief sie, als die anderen beiden zögerten.

„Aber das ist doch noch weit weg", meinte Philipp.

„Das täuscht", meinte Chris. „Das Wasser steigt jetzt schnell und bringt den Nebel mit. Außerdem habe ich Hunger." Chris hielt auf die Dünen zu.

Philipp überlegte kurz. Tatsächlich knurrte sein Magen. Dabei war das Frühstück doch noch keine zwei Stunden her.

Er wendete Lujah und trabte den Mädchen hinterher. Der Nebel wurde tatsächlich immer dichter. Auch vom Boden her stieg Feuchtigkeit auf und versteckte Sand und Gräser unter weißen Schwaden. Die Hufe der Ponys sah man bald nicht mehr. Es war, als ritten sie durch einen weißen Teppich.

„Weißt du, wo der Weg ist?", fragte Karolin ängstlich.

„So ungefähr“, erwiderte Chris. „Aber die Richtung stimmt.“

„Hier waren wir aber vorhin nicht, oder?“, fragte Philipp nach einer Weile. Eben waren sie an einem Baum vorbeigeritten. Und an Bäume erinnerte er sich nicht vom Hinweg her.

Der Nebel hüllte sie nun fast vollständig ein. Um sie herum herrschte Stille. Nicht einmal ein Vogel war zu hören. Selbst die Möwen waren verstummt. Dafür klangen alle Geräusche in der Nähe der drei Kinder seltsam klar und deutlich. Das Knirschen des Leders der Sättel und das Atmen der Pferde erschienen ungewöhnlich laut.

„Bleibt dicht zusammen“, flüsterte Chris statt einer Antwort. „Ich lasse Wildfang die Zügel lang, sie findet ihren Weg.“

Also war Chris sich auch nicht mehr sicher, wo sie waren, stellte Karolin beunruhigt fest.

„Na toll“, murmelte sie.

„Was denn?“, fragte Chris prompt.

„Seid still“, bat Philipp. „Ich habe was gehört!“

Chris parierte ihre Stute zum Halten durch. Käffchen und Lujah blieben ebenfalls gehorsam stehen. Lujah hustete. Dann war alles ruhig.

„Was ist denn?", fragte Karolin leise.

Doch Philipp unterbrach sie. „Pscht! ... Da ... hört ihr das auch?", fragte er.

Karolin wollte erst mit dem Kopf schütteln. Doch dann hielt sie inne. Ein Pferd wieherte. Ganz deutlich. Das Geräusch kam vom Wasser her. Sie hörten dumpfen Hufschlag. Ein Pferd kam über die Dünen auf sie zu, in starkem Galopp, wie es schien. Sie sahen nichts, aber sie hörten das Tier angestrengt schnaufen. Es wurde lauter. Es kam immer näher, und dann hörten sie Hufe durch Wasser platschen.

Käffchen schnaubte. Lujah und Wildfang begannen unruhig zu tänzeln.

„Zur Seite!", rief Philipp und drängte die anderen beiden Ponys ein paar Meter nach links.

„Spinnst du?", beschwerte sich Karolin. Dann war das Geräusch weg. Wie vom Nebel verschluckt.

Stattdessen hörten sie von der anderen Seite her Stimmen.

„Onkel Jonas? Schmidtchen! Hier sind wir!", rief Chris.

„Hallelujah!", rief eine bekannte Stimme, und eine zweite, ebenso vertraute Stimme schimpfte: „Verdammichnomoohl".

Der Nebel lichtete sich ein wenig, und die Kinder konnten zwei Gestalten und die Umrisse eines Pferdewagens ausmachen.

Schmidtchen sprang als Erster vom Kutschbock. Es gab ein platschendes Geräusch. „Seid ihr in Ordnung?“, rief er den dreien zu und watete in ihre Richtung.

„Wo kommt denn das Wasser her?“, fragte Karolin verwundert.

„Das nennt man Flut, Mädchen!“, schimpfte Onkel Jonas. Er ging in hohen Gummistiefeln von Pferd zu Pferd und drückte die Kinder der Reihe nach. Dann griff er Chris in die Zügel und führte Wildfang zur Kutsche. Es gab glucksende Geräusche, als die Ponys hintereinander hermarschierten.

So plötzlich, wie der Nebel gekommen war, so schnell hob er sich nun und lichtete sich.

„Das ist typisch für die Jahreszeit“, erklärte Onkel Jonas knapp. „Aber es war ganz schön leichtsinnig von euch, alleine hier herüberzureiten. Wenn man die Wege nicht kennt, sinkt man schnell im Treibsand ein oder rutscht in einen Priel.“

Verwundert sah Chris ihn an. „Wir sind in die Dünen geritten, landeinwärts, als wir den Nebel bemerkt haben. Wir waren ja auf dem Heimweg.“

„Nach Gut Hohenhain, ja“, brummte Schmidtchen. „Da drüben ist schon die Fahrrinne für die Fähren. Ihr habt komplett die Richtung verwechselt und seid auf eine Sandbank geraten.“

Karolin schluckte und sah sich mit zusammengekniffenen Augen um.

„Oh“, machte Chris.

Philipp runzelte nachdenklich die Stirn. „Habt ihr

einen anderen Reiter in der Nähe bemerkt?", fragte er heiser.

Onkel Jonas und Schmidtchen schüttelten die Köpfe.

„Das dachte ich mir." Philipp sah zurück und versuchte die Stelle ausfindig zu machen, an der er die anderen beiden zur Seite getrieben hatte.

„Da!", sagte er, als Karolin seinem Blick folgte. Der sich lichtende Nebel gab den Blick auf ihre Spuren frei. Direkt neben der Stelle, wo eine Vielzahl von Hufabdrücken verriet, dass sie dort angehalten hatten, lag ein solcher Priel, von dem Onkel Jonas gesprochen hatte. Er sah aus wie eine große Pfütze,

hatte aber einen Arm ins Meer hinaus. Und da sie auf einer leichten Anhöhe standen, die allmählich auch vom steigenden Wasser umspült wurde, konnte man ahnen, dass diese Pfütze sehr tief war. Sehr, sehr tief. Ein mit Wasser voll gelaufener Graben.

„Wow!", machte Philipp leise.

„Ihr habt wirklich jede Menge Schutzengel", fand auch Onkel Jonas.

„Und ein Schutzengel-Geisterpferd", sagte Philipp ehrfürchtig und sah zu Onkel Jonas. „Wenn es nicht direkt auf uns zugaloppiert wäre, wären wir in den Priel hineingeritten. Aber dann war es plötzlich weg."

Onkel Jonas hatte wieder auf dem Kutschbock Platz genommen und musterte den Jungen.

Doch er sagte nichts, sondern schnalzte nur mit der Zunge und nahm die Zügel auf. Langsam setzte sich die Kolonne in Bewegung.

„Da war wirklich ein anderes Pferd", bestätigte Karolin. „Als ihr kamt, haben wir es nicht mehr gehört."

„Manchmal trägt der Nebel Geräusche heran, die in Wirklichkeit viel weiter weg sind", brummte Onkel Jonas.

„Sollten wir nicht gucken, ob sich jemand im Watt verirrt hat? Die Flut kommt doch!“, schlug Chris vor.

Die Männer winkten ab. „Jetzt geht es erst mal nach Hause. Das war genug Abenteuer für heute Vormittag.“

Schmidtchen ergänzte: „Euch haben wir ja auch gefunden. Wenn hier draußen jemand herumirren würde, hätten wir denjenigen bemerkt. Macht euch also keine Sorgen. Außerdem zieht der Nebel ab.“

Onkel Jonas schien nicht weiter darüber reden zu wollen. Er ließ die beiden Kutschponys antraben, und die Pferdebande musste sich formieren, um hinterherzureiten.

Als sie den kleinen Hof erreichten, kam die Sonne wieder durch, und das Erlebnis am Strand schien jetzt selbst für Philipp seltsam unwirklich. Und doch, er war sich sicher, dass dieses Pferd im Watt kein normales Pferd gewesen war …

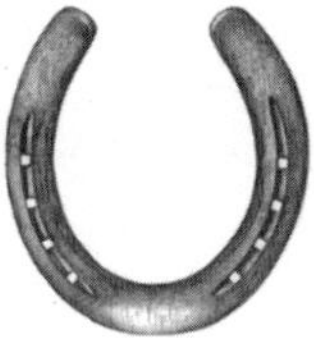

Warum glaubt Philipp das?

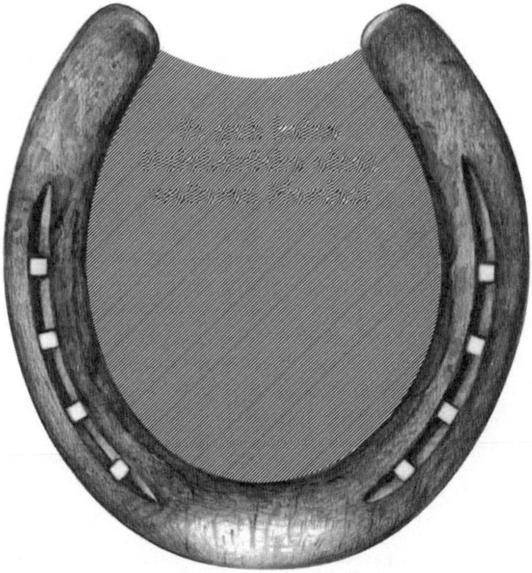

●○○○

4. Philipp auf der Flucht

„Das ist doch kein Beweis, dass es wirklich ein Geisterpferd war“, widersprach Karolin, als Philipp das Thema nach dem Mittagessen noch einmal ansprach. Die drei Kinder saßen im Sonnenschein auf der Terrasse und putzten und ölten ihr Zaumzeug ein, damit es durch die salzhaltige Luft und das Meerwasser keinen Schaden nahm.

„Wenn da ein Pferd war, hat einfach die Flut seine Spuren weggewaschen. Du hast doch gesehen, wie schnell das Wasser stieg“, erklärte Karolin.

„Es wird so gewesen sein, wie Onkel Jonas sagt“, mischte Chris sich ein. „Irgendein Reiter war in der Nähe, und der Nebel hat seine Geräusche zu uns getragen.“ Sie zuckte die Schultern. „Er kennt sich nun wirklich aus hier auf der Insel. Und das würde außerdem erklären, warum uns der Reiter nicht angesprochen hat."

„Wenn da überhaupt ein Reiter war." Philipp schüttelte den Kopf. „Ich glaube, dass das Geisterpferd uns gerettet hat!"

„Du bist halt hoffnungslos romantisch", flötete Karolin und stupste ihren Bruder kichernd in die Seite.

„Ich fand das eher unheimlich", brummte Philipp.

„Ach, hört auf zu streiten", bat Chris. „Nächstes Mal nehmen wir Mumpitz mit, dann kann er das Geisterpferd stellen!"

„Ha, ha", machte Philipp gequält. „Wollen wir uns denn das Hügelgrab jetzt mal ansehen?" Er war gespannter denn je.

„Onkel Jonas hat doch gesagt, dass er es heute nicht mehr schafft. Es soll Sturm geben, und er will deshalb mit Schmidtchen noch die Zäune und den Offenstall auf den Salzwiesen reparieren ", erinnerte Karolin. „ Und ich bin auch müde, ehrlich gesagt. Das muss die Meeresluft sein." Sie gähnte herzhaft. „Wollen wir nicht lieber was spielen? Außerdem habe ich keine Lust, nach dem Nebel auch noch in einen Sturm zu geraten."

Philipp schüttelte den Kopf und stand auf. „Ich bin fertig“, verkündete er und legte seine Trense auf Lujahs Sattel, den er bereits auf Hochglanz poliert hatte. „Kann ich mit Mumpitz einen Spaziergang machen?“

Chris hob die Schultern. „Klar, von mir aus. Mumpitz freut sich sicher, wo er doch heute Morgen nicht mitdurfte. Ich bleibe mit Karolin hier. Wir können Mühle spielen, das geht eh nur zu zweit. Wollen wir?“

„Au ja, aber ich kriege die weißen Steine“, stimmte Karolin begeistert zu.

Chris ging los, um das Spiel aus ihrem Zimmer zu holen, und Karolin räumte Sattelseife und Poliertücher beiseite.

„Pff, Mädchen … “, murmelte Philipp und klopfte sich auf den Schenkel. Mumpitz nahm das als Signal, stand auf und streckte sich. Als Philipp die Leine und einen kleinen Plastikbeutel für eventuelle Hinterlassenschaften in die Hand nahm, wedelte der Hund begeistert mit dem Schwanz.

Philipp hatte auch eine kleine Karte der Insel eingesteckt und wollte auf eigene Faust das Hügelgrab finden.

Unterwegs studierte er genau die Landkarte. Dummerweise war nirgendwo ein Steinhaufen oder etwas Ähnliches eingezeichnet.

„Bestimmt haben sie es weggelassen, damit nicht zu viele Touristen dorthin laufen“, sagte Philipp zu Mumpitz. „Vielleicht liegt das Grab ja im Wald. So einen Hügel zu finden, kann ja nicht so schwer sein, oder? Was meinst du?“

Mumpitz kläffte zustimmend und eilte voraus.

Philipp überlegte, dass er auf den ausgetretenen Wegen wohl kaum fündig werden würde. Er schlug daher einen schmalen Pfad ein, der von den Spazierwegen abzweigte und ins Unterholz führte. Doch der erste Pfad erwies sich als Sackgasse. Er

führte zu einer Futterkrippe, wo vermutlich Rotwild im Winter zugefüttert wurde.

Der zweite Pfad schien dagegen niemals enden zu wollen. Philipp kämpfte sich tapfer durch Unterholz und Gestrüpp. Zu seiner Enttäuschung wurde der Wald jedoch irgendwann wieder lichter und gab auf der anderen Seite den Blick auf die Dünen und das Meer frei.

„Na komm! Aller guten Dinge sind drei", sagte Philipp zu Mumpitz und machte kehrt. Doch sie waren noch keine hundert Meter ins Innere des Waldes gelangt, als sie Stimmen hörten – und andere Geräusche.

Da schlug Metall auf Metall. Es klang beinahe wie Schwerterklirren. Männer stritten sich lautstark. Zweige brachen und Laub raschelte. Wieder hörte Philipp ein Pferd schnauben. Oder waren es sogar mehrere?

Irgendjemand brüllte: „Dich kriegen wir!" Und eine andere Stimme grollte: „Na warte, Bürschchen!" Es folgte ein „Ooooouuu, Aaaaahhhhh!" Und wieder war Waffenklirren zu hören, und jemand rannte. Und zwar in Philipps Richtung!

Der Junge zögerte nicht länger. „Lauf, Mumpitz!",

brüllte er und rannte los. „Lauf, so schnell du kannst!“

Zerkratzt von Sanddornbüschen und völlig außer Atem fiel er schließlich in den Sand. Den Wald hatte er weit hinter sich gelassen. Der Strandhafer pikte ihn durch seine Shorts. Aber Philipp spürte es kaum. Seine Lungen platzten fast. Mumpitz fuhr ihm aufgeregt mit der Zunge durchs Gesicht. Das war ein tolles Spiel, aber warum war es schon vorbei? Philipp klammerte sich an Mumpitz' Halsband und

richtete sich vorsichtig auf. Er spähte über den Hunderücken den Weg zurück, den sie gekommen waren. Nichts. Niemand war ihnen gefolgt. Zwischen den Birken und Erlen war alles ruhig.

Erleichtert ließ Philipp sich zurück in den Sand fallen. Mit zittrigen Knien und zerrissenen Hosen trat er den Heimweg an.

„Wo warst du denn?“, fragte Karolin, als sie ihren zerschundenen Bruder die Treppe hochschleichen sah.

„Logbuch“, stöhnte Philipp nur und stieg weiter nach oben. „Mein Hufeisen hängt schief.“

Das verwunderte Karolin nur noch mehr. Was wollte er mit dem Codewort andeuten? Das verwendeten sie sonst nur, um den anderen Mitgliedern der Pferdebande unauffällig klarzumachen, dass es einen verdächtigen Vorfall gegeben hatte, der auf einen neuen Kriminalfall hindeutete. Aber hier auf der Insel? Was war geschehen?

„Den kann man auch keine zwei Stunden alleine lassen“, murrte sie.

„Was ist denn passiert?“, ertönte in diesem Moment die Stimme von Tante Hertha.

Karolin erschrak. Sie hatte gar nicht bemerkt, dass die alte Dame im Türrahmen lehnte. „Der Junge hat sich ja ordentlich die Knie aufgeschrammt. Braucht ihr etwas Jod?“, fuhr Hertha fort.

Karolin nickte. Sie war viel zu verdattert, um etwas zu erwidern. Mumpitz drückte sich an ihre Beine.

„Au!“, quietschte Karolin. Sie bückte sich und pflückte einen dornigen Zweig aus dem Fell des Mischlings.

„Was ist denn los?“, erkundigte sich jetzt auch Chris.

„Das wüsste ich auch gern“, meinte Karolin stirnrunzelnd. „Philipp sagt, sein Hufeisen hängt schief.“

„Ach was“, gab Chris verdutzt zurück.

„Kinder, Kinder!“, sagte Tante Hertha nur und ging zurück in die Küche. „Kommt, ihr könnt mir beim Kartoffelschälen helfen.“

Philipp zog sich aus und duschte, bevor er seinen Eintrag ins Logbuch machte. Das Wasser brannte an den Stellen, wo er sich an den Sanddornbüschen die Haut aufgerissen und die Knie aufgeschrammt hatte. Er biss die Zähne zusammen.

Logbucheintrag vom 11. Oktober, 16.45 Uhr

Hallo, Logbuch,

also, wenn ihr mich fragt, dann geht es auf dieser Insel nicht mit rechten Dingen zu. Erst begegnen wir diesem Geisterpferd. Dann gerate ich in wildes Schlachtengetümmel! Doch, wirklich. Ich bin doch nicht bekloppt! Im Wald waren Männer mit Pferden, die haben mit Schwertern gekämpft, und dann haben sie mich verfolgt. Ich bin um mein Leben gerannt. Haltet euch vom Wald fern!
Besorgt,

Philipp.

Er wollte nur einen Augenblick die Augen zumachen, aber ganz schnell war Philipp weggedämmert. Mit dem Logbuch im Arm schlief er auf seinem Bett ein. Im Traum war Philipp noch einmal im Wald, diesmal allerdings auf Lujahs Rücken. Mumpitz war bei ihm, und Philipp fühlte sich sicher. Zwischen den Bäumen, weit vor ihm, tauchte ein Schatten auf. Das Geisterpferd! Es blieb stehen und sah Philipp tief in die Augen. Dann schritt es weiter, immer tiefer hinein ins Dickicht. Es schien Philipp einzuladen, ihm zu folgen. Immer wieder wartete der große Schimmel, bis Philipp und Lujah sich einen Weg durch das Dickicht gebahnt hatten, das er selbst mühelos passierte.

Schließlich erreichten sie den Grabhügel. Der Schimmel stand auf der Spitze, wie eine Statue, und starrte erneut zu Philipp hinüber. Dann stampfte er mit dem Vorderhuf auf. Ein riesiger Felsbrocken am Fuß des Grabhügels glitt zur Seite und gab einen geheimen Eingang frei. Philipp zögerte, aber dann siegte seine Neugier, und er lugte ins Innere. Drinnen erleuchteten Fackeln einen schmalen Gang. Philipp nahm eine der Fackeln von der erdigen Wand und ging langsam hinein. Schritt für Schritt tastete er sich im Fackelschein weiter ins Innere der Höhle. Und auf einmal stand er in der reich geschmückten Grabkammer. Der Prinz lag in einem steinernen Sarkophag. Die Steintruhe war mit Edelsteinen und Gold verziert. Die leuchteten und glitzerten, als der Schein der Flamme in Philipps Hand auf sie fiel. Neben dem Sarkophag lehnten Waffen und Krüge sowie Kisten mit Schmuck, wertvollen,

schweren Stoffen und allerlei Werkzeug. Ein wenig abseits lag das reich geschmückte und in Decken gehüllte Skelett eines Pferdes. Philipp hatte mal in einem Geschichtsbuch gelesen, dass die reichen Kelten ihre Pferde neben sich bestatteten. Eigentlich war der Anblick zum Fürchten, aber im Traum blieb Philipp ganz ruhig. Sogar als Mumpitz näher ging und vorsichtig an dem Pferdeschädel schnupperte, hatte er keine Angst. Erst als er das Poltern von fremden Männertritten und das Klirren von Kettenhemden und Waffen hörte, schlug ihm das Herz plötzlich bis zum Hals, und kalter Schweiß trat ihm auf die Stirn.

„Da bist du ja!", schrie ihm jemand ins Ohr und packte ihn grob an der Schulter. „Mann, wir haben dich überall gesucht, und du liegst hier und schläfst!" Es war Karolin.

„Spinnst du? Wenn das jemand sieht!" Mit einem unsanften Ruck zog Chris das Logbuch unter Philipps Händen weg.

Philipp brauchte einen Augenblick, um zu begreifen, wo er war.

„Was ist denn überhaupt passiert?", fragte Karolin. „Hier, wir haben Jodsalbe von Tante Hertha mitgebracht. Wobei hast du dir denn die Beine so aufgeschrappt?"

Chris zog ihm unsanft die Decke an den Beinen weg. Doch der Stoff war stellenweise mit seinen aufgeschlagenen Knien verklebt gewesen. Philipp stöhnte, fuhr hoch und ließ sich wieder in die Kissen zurücksinken.

„Oh, 'tschuldigung“, bat Chris und betrachtete interessiert die Wunden. „Das sieht aus, als wärst du durch Dornenhecken gerannt und außerdem ordentlich hingefallen“, stellte sie sachkundig fest und griff zur Salbe. „Soll ich, oder willst du lieber selber?“, fragte sie Philipp.

„Lass mal, ich mach das“, sagte Philipp schnell und griff nach der Tube. Vorsichtig schob er seine Hose hoch und tupfte etwas Salbe auf sein Knie.

Chris setzte sich neben Karolin auf die Bettkante und las mit, was Philipp ins Logbuch geschrieben hatte.

Mit einem breiten Grinsen im Gesicht drehte sie sich schließlich zu Philipp um. „Ich glaube, du bist urlaubsreif!“

„Aber wer könnte das gewesen sein?“, fragte Karolin zögernd. „Irgendetwas oder -jemand muss ja im Wald gewesen sein, oder? Das alles kann er sich doch nicht eingebildet haben.“

Philipp sah seine kleine Schwester dankbar an. Chris dagegen schenkte er einen vernichtenden Blick.

„Also gut, gehen wir nachsehen", schlug Chris vor.

Philipp griff nach einer sauberen Jeans. „Ich hatte einen total abgefahrenen Traum", sagte er, während er sich anzog. „Aber davon kann ich euch auch unterwegs erzählen. In einer halben Stunde wird es dunkel."

„Und um sieben gibt es Abendbrot", ergänzte Karolin. „Wollen wir die Pferde nehmen?"

Chris schüttelte den Kopf. „Im Wald ist Reitverbot. Lasst uns mit den Rädern fahren."

„Und was ist mit dem Sturm?", fragte Philipp im Hinausgehen.

„Im Radio hieß es vorhin, der käme erst heute Nacht", erklärte Karolin, während sie die Treppe hinuntergingen.

Draußen war es windig, wie eigentlich immer, seit sie angekommen waren. Die Ponys der Pferdebande grasten zufrieden irgendwo am Horizont auf den Salzwiesen. Philipp, Karolin und Chris radelten zum Wald und stellten die Räder am Wegesrand in einen der vielen Fahrradständer, die es auf der Insel fast überall gab. Nach wenigen Minuten hatten sie die Stelle erreicht, von der Philipp gesprochen hatte. –

Und das, obwohl der Junge alle paar Augenblicke stehen blieb und lauschte.

„Hier ist nichts“, sagte Chris schließlich, nachdem sie sich umgesehen hatten.

„Aber da vorne ist der Boden zerwühlt“, stellte Karolin fest. „Und sieh mal: Da sind auch Hufabdrücke.“

„Ha!“, machte Philipp triumphierend.

„Na, von einem Geisterpferd können die dann ja nicht stammen“, meinte Chris schnippisch. Aber sie kam doch näher, um sich die Spuren anzusehen.

„Das waren außerdem mindestens zwei Pferde“, stellte sie fest. „Na gut, dann reitet hier also jemand verbotenerweise durch den Wald. Ist das so dramatisch, dass wir uns darum kümmern müssten?“

„Das vielleicht nicht, aber sieh mal“, sagte Karolin. Sie hielt einen kleinen, goldfarbenen Gegenstand hoch, der in der Abendsonne glänzte. Mit den Augen und einem kleinen Zweig suchte sie weiter den Boden ab.

„Das ist eine Münze, sieht ziemlich alt aus“, stellte Chris fest, als sie nah genug herangekommen war.

„Die lag da drüben auf dem Boden“, sagte Karolin. „Und dann all diese Fußspuren und anderen Abdrücke … und guckt euch die Büsche an. Die haben auch gelitten. Sieht aus, als hätte hier jemand eine richtige Party gefeiert … Weiß jemand, was das hier ist?“ Karolin zeigte auf eine Art Stofffetzen, der an einem der Büsche hing. Nur dass der nicht aus Stoff, sondern aus einem ziemlich dicken, silberfarbenen Draht hergestellt war.

„Das sieht aus wie von einem Kettenhemd“, raunte Philipp. „Jetzt muss ich euch unbedingt von meinem Traum erzählen!“

Woher weiß Chris, dass es zwei verschiedene Pferde waren? Und was erkennst du an den Spuren noch?

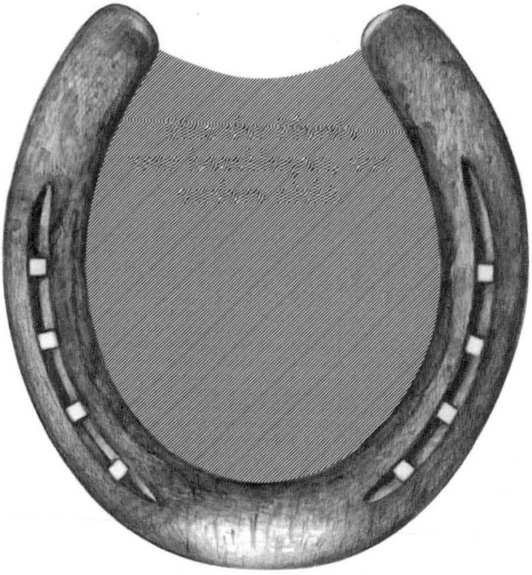

5. Spannende Neuigkeiten

Logbucheintrag vom 11. Oktober, 20 Uhr 13

Hallo, liebes Logbuch,

so sehr Karolin und ich uns auch weigern, an Philipps haarsträubende Geschichte mit dem Geisterpferd zu glauben – irgendetwas Seltsames geht hier wirklich vor sich. Beim Abendessen haben wir Schmidtchen und Onkel Jonas die Münze gezeigt und Philipp hat noch einmal seine Geschichte erzählt. Onkel Jonas sammelt Geldstücke und hat in seinen Alben nachgesehen. Demnach muss die Münze wirklich aus der Keltenzeit stammen – oder es handelt sich um eine gute Nachbildung. Nur, das Hügelgrab ist überhaupt nicht in diesem Teil des

Waldes. Philipp ist das egal. Er meint, dieses Drahtgewickel stammt von einem Kettenhemd. Ich glaube immer noch, er hat einfach zu viele Ritterfilme gesehen. Aber es stimmt schon, der Waldboden war ziemlich aufgewühlt, und zwar auf einer recht großen Fläche. Überall waren abgebrochene Zweige, und wir haben auch einige Fußspuren und andere komische Abdrücke gefunden, die von irgendwelchen Gegenständen stammen. So ein Mist, ich hatte meine Kamera nicht dabei. Wir müssen da morgen unbedingt noch einmal hin. Ich hoffe nur, dass der Sturm nicht alle Spuren verwischt.

Gute Nacht,

Chris

Der Sturm tobte die ganze Nacht. Karolin machte kaum ein Auge zu. Dazu schnarchte Chris auch noch, bis Karolin zum Bett der Freundin hinübertapste und sie umdrehte.

Am nächsten Morgen saß sie entsprechend schlecht gelaunt und spät am Frühstückstisch. Die Erwachsenen waren längst fertig mit Essen. Doch

Karolins Laune hob sich schlagartig, als Schmidtchen kurz hereinschaute und den Kindern die Zeitung unter die Nase hielt.

„Hier“, brummte er freundlich. „Da habt ihr eure Kettenhemdträger.“

Neugierig blätterte Karolin die Zeitung auf. „Filmteam hat Schwierigkeiten bei Dreh im Inselwald“, las sie laut die Überschrift vor. Darunter war ein Foto des Regisseurs mit einem finster dreinblickenden Mann. Es war der Vorsitzende des Heimatvereins, wie Karolin der Bildunterschrift entnahm.

Chris wollte sich ausschütten vor Lachen. „Mensch, Philipp! Du bist vor Schauspielern weggerannt. Wie peinlich! Bist du etwa der Auslöser für die Schwierigkeiten, weil du dem Filmteam ins Bild gelaufen bist?"

Philipp setzte gerade zu einer wütenden Antwort an, da unterbrach Karolin ihn. „Seid mal still. Das ist schon spannend, was hier steht: ‚Herrmann Buttendieck, Vorsitzender des hiesigen Heimatvereins, geht gerichtlich gegen die Dreharbeiten zum Historienfilm ‚Auf den Spuren des Keltenkönigs' vor. Er begründete seinen Vorstoß, die Sondergenehmigung der ATV-Mediengesellschaft vorläufig aufzuheben, mit der Verwüstung, welche das Filmteam im Naturschutzgebiet hinterlassen würde. Außerdem sei kulturhistorisch eine ‚Schändung des Hügelgrabes für ein albernes Billigfilmchen' nicht zu vertreten. Der Leiter des Filmteams, Hugo Meyerding, kündigte an, anwaltlich eine einstweilige Verfügung für die Fortsetzung der Dreharbeiten zu erwirken, und sprach von einem massiven Eingriff in die Pressefreiheit …"

„Ich verstehe nur Bahnhof“, gab Philipp offen zu und sah sich das Foto genauer an. „Mensch, den kenn ich doch!“, rief er plötzlich und zeigte auf den Heimatvereinsvorsitzenden. „Der Typ hat mich gestern angerempelt, als ich in den Wald ging. Er hat sich noch nicht mal entschuldigt.“

„Das hast du ja gar nicht erzählt“, sagte Karolin erstaunt.

Philipp zuckte mit den Schultern. „Es kam mir nicht wichtig vor. Aber jetzt … Der Typ war total unhöflich. Er trug einen prall gefüllten Sack vor dem Bauch und schimpfte rum, weil Mumpitz nicht angeleint war und er beinahe über ihn gestolpert sei. Und dabei lag ich im Dreck, weil er mich mit seinem blöden Sack umgeschubst hat. Da habe ich ihm gesagt, dass er froh sein kann, dass ich mich nicht verletzt habe, und da ist er abgezogen. Er schien es ziemlich eilig zu haben. Übrigens hatte er ein Pferd dabei. Am Waldrand war ein Friese angebunden.“

„Und was war in dem Sack drin?“, fragte Chris neugierig.

„Das weiß ich doch nicht“, erwiderte Philipp. „Aber es war etwas Hartes, das kann ich dir sagen!“

In diesem Moment ging die Haustür auf, und kurz

darauf kam Tante Hertha mit glühenden Wangen in die Küche. Sie hatte nicht einmal Mantel und Mütze ausgezogen. „Kinder, ihr werdet es nicht glauben. Ratet, wo ich gerade war!"

„Wo denn?", fragte Chris stattdessen.

„Beim Juwelier im Dorf. Hinnerk ist Münzsammler, und denkt euch, was er sagt: Das Geldstück, das ihr im Wald gefunden habt, ist echt!" Tante Hertha schnaubte erregt und zeigte ein paar Fotokopien. „Hier, die hat er euch ausgedruckt. Ich habe ihm erzählt, dass ihr Detektive seid und schon so einige Fälle aufgeklärt habt!", ergänzte sie stolz.

„Ha!“, machte Philipp. „Dann gehört die Münze sicher zu dem Schatz, den das Geisterpferd bewacht und mir in meinem Traum gezeigt hat.“

„Moment mal“, wehrte Karolin ab und verdrehte die Augen. „Das geht mir jetzt alles zu schnell. Hör mal einen Augenblick lang auf zu fantasieren, okay, Philipp? Ich bin noch auf Ferien eingestellt, und plötzlich stecken wir mitten in einem Fall. Ich muss nachdenken … Tante Hertha, habt ihr einen Computer mit Internetanschluss?“

Die alte Dame nickte und führte Karolin in das kleine Arbeitszimmer am Ende des Flurs.

„Was hat sie vor?“, erkundigte sich Tante Hertha neugierig bei Chris und Philipp, die weiter die Zeitung und die Kopien studierten.

„Keine Ahnung“, meinte Philipp abwesend. Er las gebannt die Seite aus einem Münzsammlerheft. Darin wurde ein keltisches Geldstück, das genauso aussah wie die Münze, die Karolin gefunden hatte, auf ihren Wert geschätzt.

„Stellt euch vor, 5000 Euro kriegt man dafür“, rief er laut.

„Dann wird das wohl kaum ein Filmrequisit gewesen sein, richtig?“, meinte Chris trocken.

„Mir hat Hinnerk übrigens noch gesagt, dass dieses Sammlerbuch acht Jahre alt ist“, warf Tante Hertha ein. „ Der heutige Wert der Münze dürfte noch um einiges höher sein. Ich musste ihm die Münze leider dalassen.“

„Mist“, rutschte es Philipp heraus.

„Er sagt, solche Funde muss man polizeilich melden. Ist das nicht aufregend?“ Tante Hertha stand immer noch in Mütze, Mantel und Schal da. Ihr Gesicht glühte.

„Zieh dich doch erst mal aus“, schlug Chris vor.

„Mir ist noch was aufgefallen“, flüsterte sie Philipp zu, als Tante Hertha außer Hörweite war.

„Und?“, fragte Philipp.

„Dein Traum von dem Hügelgrab im Wald ist vielleicht gar nicht so abwegig“, meinte Chris und grinste spitzbübisch. „So eine jahrhundertealte Münze liegt doch nicht einfach so auf dem Waldboden herum!“

„Vielleicht waren Grabräuber unterwegs“, unkte Philipp.

Chris holte Luft und sah ihn an. Aber diesmal widersprach sie nicht. „Ich frage mich jedenfalls, was das Filmteam gestern im Wald gemacht hat.

Los, komm, ziehen wir uns an. Wir fahren da noch mal hin. Und dieses Mal nehme ich meinen Fotoapparat mit."

Was findet Chris daran so bemerkenswert, dass das Team am Vortag im Wald war?

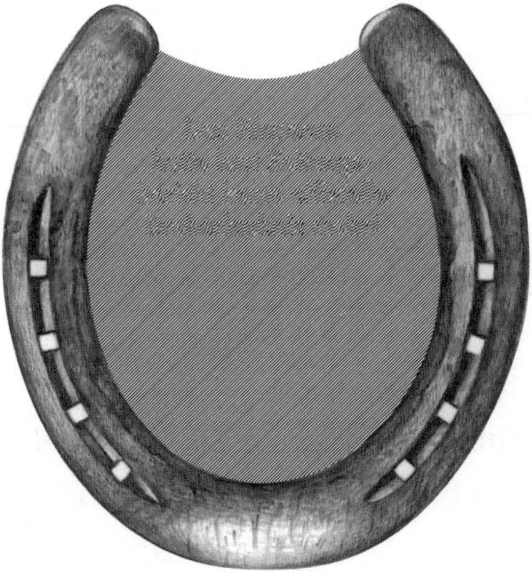

6. Eine heiße Spur?

Während Chris und Philipp auf Spurensuche im Wald waren, recherchierte Karolin weiter im Internet.

Gut zwei Stunden später kündigten Mumpitz' Bellen und das Schlagen der Haustür Chris' und Philipps Rückkehr an.

Karolin streckte den Kopf aus der Bürotür. „Das ist der Hammer", rief sie quer über den Flur und kam den beiden mit einem Stapel Blätter entgegengelaufen.

„Leise", mahnte Philipp. „Es muss doch nicht gleich jeder wissen, dass wir an der Sache dran sind."

„Nee, ist klar", meinte Karolin und grinste breit. „Zumindest Tante Hertha, Schmidtchen und Onkel

Jonas haben noch keeeiiiine Ahnung, was hier läuft!"

Wie aufs Stichwort sah Tante Hertha aus der Küche. „Oh, da seid ihr ja wieder. Na? Habt ihr etwas gefunden?"

„Noch nichts Spruchreifes", wehrte Philipp ab. „Wir melden uns, wenn wir mehr wissen."

Chris verdrehte die Augen. „Da wir hier kein Geheimversteck zur Verfügung haben, sollten wir unsere Besprechungen auf das Mädchenzimmer beschränken. Mumpitz schiebt Wache an der Tür."

Der langhaarige Mischling kläffte zustimmend.

Normalerweise traf sich die Pferdebande zu Hause auf Gut Hohenhain immer ganz hinten auf dem Heuboden. Dort wurden sie nicht belauscht, und auch das geheime Logbuch hatte hier ein sicheres Versteck.

„Also, was hast du rausgefunden?“, wollte Philipp wissen und zückte Stift und Logbuch, um das Wichtigste festzuhalten.

„Na, da fange ich doch gleich mal mit dem Knüller schlechthin an: Diese Filmfirma gibt es gar nicht.“

„Was?“, kreischte Chris.

„Ich habe ATV-Mediengesellschaft und Hugo Meyerding als Suchworte eingegeben und dabei so einiges an Material gefunden“, begann Karolin.

„Was denn?“, platzte Philipp dazwischen.

Aber Karolin ließ sich nicht unterbrechen. „Das kommt gleich. Also – es soll tatsächlich einen Schatz geben, der mit dem Hügelgrab in Verbindung steht. Erinnert ihr euch an die Geschichte von Onkel Jonas?“, fragte sie.

„Aber von einem Schatz hat er nichts erzählt“, erwiderte Chris.

„Stimmt“, pflichtete Karolin ihr bei. „Onkel Jonas hat bei seiner Geschichte wohl ein paar Fakten durcheinandergebracht." Sie lächelte. „Historisch erwiesen ist, dass ein Schiff hier vor der Küste untergegangen ist. Es soll Juwelen und Münzen an Bord gehabt haben. Ob das nun der Brautpreis eines keltischen Prinzen war, der damit auf dem Festland eine Fürstentochter heiraten wollte, oder ob das schon die Grabbeigaben für unseren verstorbenen Freund sein sollten, weiß man nicht."

„Aber wieso liegt das Zeug dann nicht mehr auf dem Meeresgrund? Wer hat den Schatz gehoben?", fragte Chris.

„Vielleicht sind die Kisten damals schon an Land gespült worden", überlegte Philipp. „Oder die Inselbewohner haben sie eingesackt und später reumütig zum Grab des Fürsten gebracht, als das Geisterpferd zu spuken anfing …"

„Strandpiraterie war damals häufig", gab Karolin ihrem Bruder recht. „Na ja, das Ganze ist sehr schwammig und schon von den zeitlichen Angaben her total widersprüchlich. Vor einigen Wochen sind jedenfalls an verschiedenen Orten in Deutschland Münzen aufgetaucht, die unserer sehr ähnlich sind. Vielleicht kommen sie ja alle von dieser Insel hier? Das wäre was, oder?"

„Und was hat Meyerding damit zu tun?“, fragte Philipp.

„Das ist eine gute Frage, Bruderherz!“ Karolin bekam rote Wangen vor Aufregung.

„Meyerdings Filmfirma ist vor einem Jahr pleite gegangen, und er musste auch mit seinem Privatvermögen herhalten. Ein Großteil seiner filmischen Ausrüstung und die Büroeinrichtung seines Unternehmens wurden zwangsversteigert. Die höchsten Erlöse – jetzt haltet euch fest – brachten Antiquitäten, unter anderem eine ansehnliche Sammlung antiker Münzen.“

Philipp pfiff leise durch die Zähne. Mumpitz spitzte die Ohren, aber als er feststellte, dass er nicht gemeint war, ließ er seinen Kopf wieder auf die Pfoten sinken.

„Da haben wir also nicht nur ein Motiv, sondern auch gleich einen super Verdächtigen.“

„Wow!“, machte Chris.

„Mittagessen!“, erscholl von unten Tante Herthas Stimme.

„Ich komme gleich nach“, sagte Karolin und nahm Philipp Stift und Logbuch aus der Hand. „Und was habt ihr herausgefunden?“

Philipp und Chris drehten sich im Türrahmen um.
„Das hätten wir ja fast vergessen“, meinte Philipp. „Es passt alles zusammen!“

Chris berichtete schnell. „Im Wald ist offenbar an verschiedenen Stellen gegraben worden. Wir haben sogar eine Spitzhacke und einen Spaten gefunden. Nicht sehr professionell. Und sogar die Werkzeuge waren nur stümperhaft unter Blättern und Moos versteckt, und zwar ganz in der Nähe der Spuren von gestern.“

„Okay“, sagte Karolin und spitzte ihren Bleistift.

Logbucheintrag, 12. Oktober, 12 Uhr 01

Hallo, liebes Logbuch,

stell dir vor, hier gibt es wirklich etwas aufzuklären. Die keltische Münze gehört offenbar zu einem verschollenen Schatz, der mit dem Hügelgrab in Verbindung stehen könnte. Hugo Meyerding, Chef der Filmfirma AVT, die es nicht mehr gibt, schiebt offenbar die angeblichen Dreharbeiten nur vor, um in Ruhe nach dem Keltenschatz suchen zu können. Wir wissen, dass im Wald gegraben wird! Aber wie

passt Buttendieck da rein? Darum müssen wir uns nach dem Mittagessen kümmern.
Liebe Grüße,

Karolin

Die Pferdebande beschloss, zunächst an Meyerding und seinen Leuten dranzubleiben. Diesmal kam ihnen der Zufall zu Hilfe. Philipp, Chris und Karolin standen in dem kleinen Ladengeschäft, das die Insulaner mit Lebensmitteln, Zeitschriften und allerlei Haushaltsartikeln versorgte. Sie überlegten gerade, wie sie wohl unauffällig die Filmleute ausfindig machen könnten, da ging die Tür auf.

„Na, min Deern, müsst ihr eure Zelte abbrechen?“, fragte die Ladeninhaberin, Suse Schmidt, und klopfte auf die Tageszeitung. Auf der ersten Seite prangte ein großes Foto von Meyerding und Buttendieck. Mit unverhohlener Neugier musterte sie die junge Frau, die eine Packung Kaugummis kaufen wollte.

„So schnell geben wir uns nicht geschlagen“, meinte die Rothaarige munter. Sie hatte unglaublich viele Sommersprossen, wie Karolin beeindruckt feststellte.

Die drei standen bei den Zeitschriften und taten so, als könnten sie sich nicht entscheiden, welches Magazin sie kaufen sollten.

Gerade als die junge Frau den Laden verlassen wollte, nahm sich Philipp ein Herz.

„Gehören Sie zu dem Filmteam?“, fragte er.

„Ja“, sagte die Rothaarige lächelnd. „Aber ich bin keine Schauspielerin, wenn ihr das wissen wollt. Ich bin nur das Scriptgirl.“ Damit wollte sie hinausgehen.

„Wie spannend“, begann nun auch Karolin. „Das heißt, Sie passen auf, dass all die Dialoge richtig gesprochen werden, so wie sie im Drehbuch stehen, oder?“

Die Rothaarige blieb stehen. „Stimmt genau. Du kennst dich aus, was?“

„Da muss man sicher unglaublich aufpassen“, schwärmte Karolin weiter. „Ich möchte so was auch mal machen. Kann man bei Ihnen ein Praktikum bekommen?“

Die Rothaarige überlegte. „Tja, weißt du ... im Moment drehen wir gar nicht, weil wir auf eine gerichtliche ... Ach, das ist ja auch egal. Ich könnte euch einfach mal für eine Stunde mitnehmen, wenn ihr wollt. Wir proben gerade ohne Kamera. Der Chef will verschiedene Einstellungen und Perspektiven austesten. Wann könnt ihr denn?“

„Immer“, prahlte Philipp.

„Na, dann kommt doch morgen früh um acht in den Inselwald. Oder ist euch das zu früh?“ Die Rothaarige schmunzelte, als Philipp eine heimliche Grimasse schnitt.

„Aber nicht weitersagen, hört ihr?“, mahnte sie. „Ich bekomme einen Riesenärger mit dem Chef, wenn da plötzlich eine ganze Schulklasse steht! Nur ihr drei. Wie heißt ihr eigentlich?“

„Versprochen", erwiderte Karolin. „Ich bin Karolin, und das sind meine Freundin Chris und mein Bruder Philipp. Wir machen hier Ferien, weil unser Pferd hustet."

„Na, das ist doch mal ein guter Grund. Wir haben auch ein Pferd mit am Set. Ich heiße Maren Günther und finde Inseln im Herbst ja eher trostlos." Sie zog den Kragen ihres Mantels höher. „Dieser Wind ist auf Dauer nervig."

Die drei nickten brav.

„So, jetzt muss ich aber los. Wir sehen uns morgen früh, ja?" Damit lief sie auf die andere Straßenseite hinüber und schloss sich drei jungen Männern an, die ihr winkten.

„Den einen kenne ich", behauptete Chris. „Den habe ich schon mal irgendwann im Fernsehen gesehen."

Unschlüssig sahen die drei den Filmleuten nach. Da fiel Karolins Blick auf ein Hinweisschild an einer Hausmauer. „Inselarchiv", las sie laut. „Da muss ich hin. Ich will mal sehen, ob ich noch was über das Hügelgrab herausfinde. Und dann sollten wir uns das endlich mal aus der Nähe ansehen, findet ihr nicht?"

„Unbedingt“, stimmte Philipp zu.

„Komm, wir nageln jetzt Onkel Jonas darauf fest, dass er uns entweder das Hügelgrab auf der Karte zeigt oder mitkommt“, schlug Chris vor. „Er weiß doch, wo es ist.“

„Aber wartet auf mich, ja? Dahin möchte ich mitkommen!“, bat Karolin.

„Versprochen!“

Zu Hause am Küchentisch wartete eine Überraschung auf Chris und Philipp: der Dorfpolizist war vorbeigekommen.

Der Goldschmied hatte wie angekündigt die Behörden benachrichtigt. Und nun trank Heiner Ammen eine Tasse Friesentee mit Onkel Jonas und wollte genau wissen, wo die Pferdebande die Münze gefunden hatte.

„Wir haben nämlich schon seit einiger Zeit den Verdacht, dass jemand den Schatz aus dem Hügelgrab gefunden hat“, erklärte der Kommissar und räusperte sich. „Ihr wisst Bescheid, hat man mir mitgeteilt.“

Chris und Philipp nickten stolz.

„Dann würde ich vorschlagen, wir gehen gemein-

sam zum Fundort." Er nahm seine Mütze und stand auf.

„Können Sie uns dann auch sagen, wo das Hügelgrab ist?", fragte Chris.

Der Polizist schüttelte den Kopf. „Das wissen nur euer Onkel Jonas, unser Hermann Buttendieck und die Archäologen vom Festland."

„... und der Grabräuber", ergänzte Philipp.

„Im Zuge der Ermittlungen kommen wir um einen Ortstermin nicht herum", wandte sich Heiner Ammen an Onkel Jonas.

„Sicher! Anscheinend hat unsere Geheimhaltung das Kulturdenkmal ja ohnehin nicht ausreichend geschützt“, meinte Onkel Jonas. „Das echte Hügelgrab ist im Naturschutzgebiet, ihr müsst bei eurem Ausritt im Nebel neulich direkt daran vorbeigekommen sein. Die Attrappe, also ein Nachbau der Grabstätte für Touristen, befindet sich im Wald.“

„Na also, dann haben wir ja bald eine ganz irdische Erklärung für dein Geisterpferd“, flüsterte Chris und klopfte Philipp auf die Schulter. „Das Pferd im Nebel war anscheinend zum echten Grab unterwegs. Schade, dass wir nicht wissen, ob es beschlagen ist oder nicht … Denn eins und eins macht zwei!“

Welchen Verdacht hat Chris?

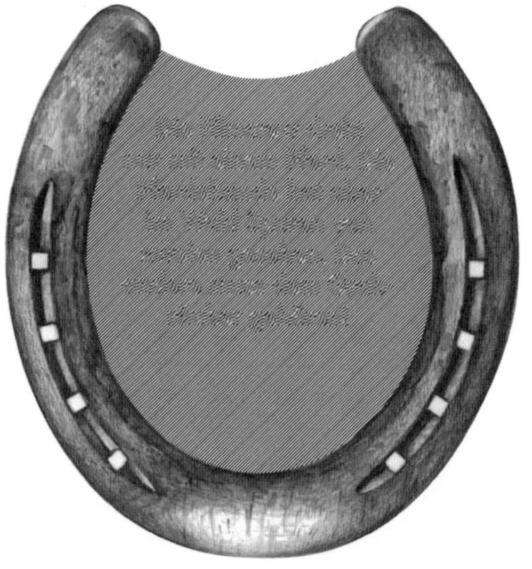

7. Überraschung im Wald

Logbucheintrag, 14.37 Uhr

Liebes Logbuch,

das Inselarchiv hat leider schon um halb drei zugemacht, aber was ich bis dahin gefunden habe, reicht dicke! Stellt euch vor: Die Sekretärin hing mit ihrer Freundin am Telefon fest, als sie mir geholfen hat, mich in den Computer zu loggen. Aus Versehen hat sie mir durch ihr Passwort Zugang zu geheimen Archiven verschafft. Auf einer dieser gesperrten Seiten stand Folgendes: Der Heimatverein hat schon vor Jahrzehnten, als man das Grab entdeckte, mit den Archäologen erwirkt, dass der Ort nicht öffentlich bekannt gegeben wird, sondern

dass man für Interessierte und Touristen eine Art „naturgetreue Nachbildung“ im Wald baut. Die Forschungen am tatsächlichen Hügelgrab sind immer noch nicht abgeschlossen, weil das Ding einsturzgefährdet ist und die Gelder fehlen. Das sagt – und jetzt haltet euch fest – Hermann Buttendieck. Der ist nicht nur Mitglied im Zuchtverband der Friesenpferde, sondern auch Vorsitzender des Fördervereins „zur Erhaltung des Hügelgrabes“. Und außerdem gibt es anscheinend historisch belegte Gerüchte um einen Schatz, also wertvolle Grabbeigaben. Das spielt mit Sicherheit auch eine Rolle in diesem ganzen Verwirrspiel!
Zu klären: Wer weiß sonst noch, wo die echte Grabstätte ist? Das müssen wir herausfinden! Und wo steckt ihr ? Wir waren doch verabredet!!!

Karolin

Karolin versteckte das Logbuch an der verabredeten Stelle im Mädchenzimmer. Da hier ein Hufeisen auffallen würde, hatten sie als Erkennungszeichen für neue Mitteilungen vereinbart, den grünen Rucksack auf den Tisch zu stellen.

Karolin stutzte. Da klebte ein Zettel.

„Wir sind mit dem Polizisten, Mumpitz und Onkel Jonas im Wald, P und C, 14 Uhr 03“, las Karolin laut. „Na super, das hätte ich ja eher entdecken können.“ Schnell zog sie sich wieder an. Auf dem Weg nach draußen stieß Schmidtchen zu ihr.

„Wo sind die denn alle?“, wollte er wissen. „Ich habe mit Hertha Kräuter gesucht, und als wir wiederkamen, waren alle weg.“

„Das ging mir ähnlich!“ Karolin erklärte kurz die Lage, und so machten sie sich gemeinsam mit dem Fahrrad auf den Weg. Schmidtchen nahm sie einfach hinten auf den Gepäckträger. „Die Polizei ist ja mit anderen Dingen beschäftigt“, erklärte er fröhlich.

Sie brauchten nur dem Gebell zu folgen. Die Stimme von Mumpitz konnte Karolin unter hundert anderen Hunden heraushören. Irgendetwas schien Mumpitz gerade sehr aufzuregen.

Als sie näher kamen, war Karolin heilfroh, Schmidtchen bei sich zu haben. Onkel Jonas und der Polizist lagen auf dem Boden. Philipp und Chris saßen aneinandergefesselt auf einem Baumstumpf und wirkten benommen.

Mumpitz bewachte bellend einen Mann, der oben in einem Baum saß und leise „Hilfe“ jammerte.

Als Schmidtchen pfiff, sprang Mumpitz glücklich auf die beiden zu. „Guter Hund“, lobte Schmidtchen.

Dann eilte er zu Onkel Jonas und dem Polizisten, der eben zu sich kam und stöhnend eine dicke Beule an seinem Kopf befühlte.

Karolin war gleich auf Chris und Philipp zugerannt, zupfte vorsichtig das Klebeband ab, das über ihrem Mund pappte, und knotete die Stricke auf.

„Was ist passiert?“, fragte Karolin.

Schmidtchen untersuchte besorgt Onkel Jonas. Doch auch er kam glücklicherweise gerade wieder zu sich.

Mumpitz sprang von einem zum anderen. Doch plötzlich rannte er mit aufgestelltem Rückenfell knurrend auf den Mann zu, der unauffällig vom Baum klettern wollte. Hektisch hangelte der sich wieder nach oben, und Mumpitz knurrte ihn mit hochgezogenen Lefzen von unten an.

„Nehmen Sie doch das Vieh weg, das ist ja lebensgefährlich!“, kreischte er Schmidtchen an.

„Sie bleiben schön da oben, bis wir die Lage hier geklärt haben“, entgegnete Schmidtchen barsch.

„Wer sind Sie überhaupt?“, wollte er wissen. Dabei half er dem Polizisten, sich aufzurichten.

„Ich bin Hauptkommissar Heiner Ammen“, stöhnte der Polizist und rieb sich den Kopf.

„Ja, ja!“, brummte Schmidtchen. „Und Sie?“ Er zeigte auf den Mann im Anzug, der verzweifelt die Knie hochzog und versuchte, aus Mumpitz' Reichweite zu bleiben.

„Harald Krämer, Sachverständiger für historische Fundstücke“, stellte sich der Anzugträger vor.

„Komm schon her, Mumpitz“, sagte Chris. „Der ist harmlos.“

„Kann mir jetzt endlich mal jemand erklären, was hier vorgeht?“, meldete sich nun Onkel Jonas zu Wort. „Als ich Sie zuletzt gesehen habe, lagen Sie ohnmächtig auf dem Waldboden“, rief er dem Mann im Baum zu. „Und dieser Filmmensch, dieser Meyerding, saß daneben und sah auch nicht viel besser aus. Dann hat mich irgendetwas am Kopf getroffen, und ich war weg. Und jetzt sitzen Sie da im Baum wie eine alte Saatkrähe. Kommen Sie endlich da runter! Der Hund beißt nicht.“

„Dich hat nicht irgendetwas, sondern irgendjemand getroffen, Onkel Jonas“, konnte Chris nun endlich erklären, während der Beamte zögernd vom Baum krabbelte.

„Und wisst ihr, wer? Das war Hermann Buttendieck. Ganz aufgeregt und außer sich vor Wut war er!“, brach es aus Philipp heraus. „Das habe ich überhaupt nicht kapiert. Was hat der denn auf einmal damit zu tun?“

„Das kann ich dir erklären“, sagte Karolin ernst. „Aber erzählt doch erst mal, was weiter passiert ist.“

„Der Regisseur, dieser Meyerding, war auch da“, begann Chris. „Meyerding und Buttendieck haben furchtbar gestritten. Es hörte sich so an, als ob Meyerding seinen Gegner zur Rede stellten wollte wegen des Filmverbots. Meyerding hatte auch so einen komischen Staubsauger dabei …“

„… einen Metalldetektor“, unterbrach Philipp.

„Ich glaube, dieses Ding hat Buttendieck so wütend gemacht, “, erzählte Chris weiter.

„Wenn ich kurz erklären darf“, mischte sich Herr Krämer ein. „Herr Meyerding hat mich zu Rate gezogen, weil er während seiner Dreharbeiten einige historisch interessante keltische Münzen gefunden hat. Er wollte mir vorhin die Fundstelle zeigen, als dieser Herr … äh … Buttendieck dazwischenkam und einen Streit begann.“

Schmidtchen hob den etwas verbogenen Metalldetektor vom Boden auf und betrachtete ihn interessiert.

„Der gehört mir“, schimpfte Krämer. „So ein hochsensibles Gerät ist sehr teuer, und ich hoffe, dass es keinen Schaden genommen hat, als dieser Buttendiek es als Schlagstock gebraucht hat …“ Er schnaufte verächtlich.

Onkel Jonas rieb sich die schmerzende Stelle am Kopf, wo ihn der Detektor erwischt hatte.

„Aber das ergibt doch alles keinen Sinn!“, meinte er ratlos. „Das hier ist doch gar nicht das echte Hügelgrab. Wie sollen denn hier Münzen hingekommen sein?“

„Wo soll denn hier überhaupt ein Hügelgrab sein?“, fragte Philipp. „Ich sehe keins!“

„Du stehst halb drauf“, zischte Karolin.

„Was? Wo?“ Entsetzt sprang Philipp zur Seite.

„Dieser ganze Bereich hier gehört dazu“, erklärte seine Schwester. „Der Hügel, auf dem wir hier stehen, ist künstlich. Richtig, Onkel Jonas?“

Der alte Mann nickte. „Du hast wohl die großen Tafeln am Eingang des Waldes nicht gelesen, Junge, was?“ Er schmunzelte. „So ein Hügelgrab hat schon einen ordentlichen Durchmesser, dieses hier ist mit etwa zwanzig Metern Länge, neun Metern Höhe und fünfzehn Metern Breite berechnet worden.“

„Aber man sieht ja gar keinen Eingang“, maulte Philipp enttäuscht.

„Der liegt auf der anderen Seite. Natürlich auch eine Attrappe.“

„Das Hügelgrab ist nicht echt?“, rief Harald Krämer erstaunt.

„Nein, natürlich nicht. Nicht dieses hier. Lesen Sie denn auch keine Schilder? Was sind Sie denn für ein Spezialist?“ Onkel Jonas seufzte tief und wechselte einen Blick mit dem Inselpolizisten, der zustimmend nickte.

„Die Gerüchte um den angeblichen Keltenschatz haben schon vor Jahren immer wieder buddelwütige Touristen hierhergelockt. Das echte Grab wäre inzwischen wohl schon dreimal umgegraben worden. Das haben wir gleich bei seiner Entdeckung damals nach dem Krieg vorausgeahnt und Stillschweigen verhängt. Andererseits ist das Geheimnis um das Hügelgrab natürlich eine schöne Attraktion für die Insel, und in letzter Zeit verdienen ein paar heimliche Gesellen ganz gut damit, Touristen unter dem Siegel der Verschwiegenheit ins Naturschutzgebiet zu führen, wo sie das echte Grab von Weitem fotografieren dürfen. Die Attrappe hier ist dann für die Nahaufnahmen und die Kinder."

Philipp schnaufte empört. „Und wieso hier im Wald?"

„Wir haben damals nach einer unauffälligen Stelle gesucht und diesen natürlichen Hügel ein wenig mit Findlingen aufgepeppt."

Schmidtchen stopfte sich belustigt eine Pfeife. „Und jetzt funktioniert das falsche Hügelgrab so gut, dass ein echter Schatz dort auftaucht. Das ist schon komisch."

„Ha, ha", meinte Onkel Jonas.

Der Sachverständige raufte sich die Haare, und Heiner Ammen machte sich eifrig Notizen.

„Und wo sind Meyerding und Buttendieck jetzt?“, fragte Karolin. „Die waren ja schon über alle Berge, als wir hier ankamen. Und das ist jetzt sicher schon eine Viertelstunde her.“

„Himmel, die haben wir ja fast vergessen!“, rief Chris. Mumpitz bellte zustimmend.

„Herr Meyerding war sehr ungehalten über Herrn Buttendieck, als dieser zu Pferd flüchtete“, erklärte der Sachverständige. „Er machte sich daran, ihn zu verfolgen, während ich mich um die Verletzten bemühen wollte. Doch daran hinderte mich dieser Hund hier.“

Mumpitz begann zu knurren, als Krämer mit dem Finger auf ihn zeigte.

„Er ist ihm zu Fuß nachgelaufen?“, fragte Philipp.

„Es ging nicht anders, wir sind per Kutsche hierhergekommen“, sagte Krämer.

„Dann los!“, rief der Polizist und steckte sein Notizbuch ein.

„Weit können sie nicht sein. Das ist der Vorteil einer Insel. Das Boot zum Festland geht erst heute Abend wieder“, meinte Onkel Jonas trocken.

„Ja, aber warum ist Buttendieck denn so ausgerastet? Weil er Angst hatte, dass hier gebuddelt wird?“, fragte Chris, während sie Richtung Kutsche liefen. „Aber das kann ihm doch egal sein, wenn das hier nur ein Touristenhügel ist!“

„Gegenfrage, Onkel Jonas: Du kennst das echte Hügelgrab ziemlich gut, stimmt's?“, bohrte Karolin. Sie kletterte hinter der Freundin in die Kutsche.

Onkel Jonas grinste. „Na ja, so den einen oder anderen Touristen habe ich da auch schon hinkutschiert.“

„Aber Onkel Jonas!“, schimpfte Chris gespielt empört.

„Dann sag uns mal, gibt es dort irgendeine Gefährdung durch Einsturz oder so etwas in der Art?“

Onkel Jonas kratzte sich am Kinn. „Also, als ich letzte Woche mit ein paar Japanern da war, sah es nicht danach aus. Aber wir sind natürlich auch nicht weit hineingegangen“, ergänzte er schnell mit Blick auf den Polizisten.

„Das ist abgesperrtes Gelände, Jonas“, mahnte der auch prompt. „Das will ich nicht gehört haben.“

„Hast du auch gar nicht“, brummte Onkel Jonas

und schnalzte mit den Zügeln, damit die Kutsche anzog. „Wohin?“

„Ans Meer“, befahl Karolin knapp. „Den Hufspuren nach. Ich gehe jede Wette ein: Buttendieck ist zum echten Hügelgrab geflohen und Meyerding verfolgt ihn.“

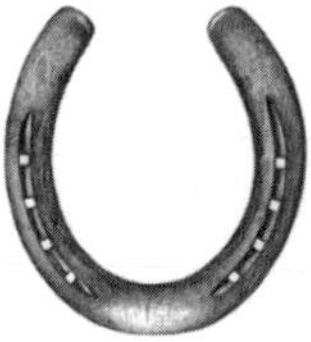

Kannst du dir denken, welche Rolle Buttendieck spielt?

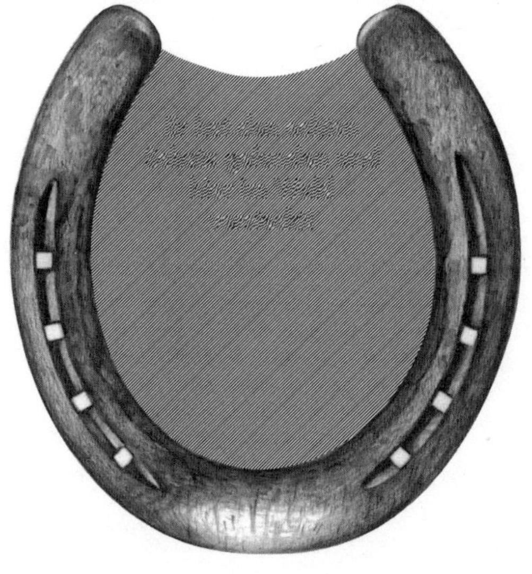

●○○○○○○○○○○

8. Der Keltenschatz

Die beiden Kutschponys trabten aus dem Wald heraus und galoppierten an, sobald sie auf die Salzwiesen kamen. Die Insassen mussten sich gut festhalten und wurden ordentlich durchgerüttelt.

„An der Federung müssen wir noch mal was nachbessern“, meinte Schmidtchen und hielt Krämer am Schlafittchen fest, der bei einer Bodenwelle fast aus der Kutsche gefallen wäre.

„Wie kommst du denn darauf, dass Buttendieck der Grabräuber ist?“, fragte Chris, als Karolin ihren Verdacht schilderte.

„Buttendieck hat als Vorsitzender des Heimatvereins gezielt die Möglichkeit ausgenutzt, alle Leute vom echten Hügelgrab fernzuhalten. Und warum?“ Karolin sah triumphierend von einem zum anderen.

„Weil er selber da buddeln wollte“, gab sie gleich die Antwort. „Schon vor Monaten sind erste Münzen aufgetaucht und in letzter Zeit immer mehr. Das heißt, jemand hat den Schatz oder Teile davon offenbar gefunden. Dummerweise ist dadurch wohl unser Hobbyarchäologe Meyerding auf das Hügelgrab aufmerksam geworden. Wahrscheinlich hat er auch eine Münze gefunden. Ich glaube nicht, dass er richtig mit drinsteckt, wenn er nicht einmal wusste, dass es ein zweites Grab gibt“, sagte sie mit Seitenblick auf den käseweißen Harald Krämer, der sich verzweifelt an den Seitenwänden der Kutsche festkrallte.

„Herr Meyerding ist Hobbyschatzsucher, aber ein äußerst seriöser und angenehmer Zeitgenosse", verteidigte Krämer ihn prompt. „Es ist eine korrekte Vorgehensweise, einen Sachverständigen der Regierung zurate zu ziehen."

„Oder die Polizei", meinte Philipp und grinste Heiner Ammen an, der es nicht schaffte, während der rasanten Fahrt Notizen in seinen Ringblock zu schreiben.

„Da sind sie!", kreischte Philipp plötzlich aufgeregt und sprang auf. Aber er setzte sich gleich wieder, um nicht durch die Kutsche zu fliegen, als Onkel Jonas das Tempo drosselte und die Ponys durchparierte.

Sie waren in einem Teil des Naturschutzgebietes angelangt, der zur Sperrzone erklärt worden war.

„Vogelgrippe, pah", meinte Chris verächtlich und sprang von der Kutsche. Geschickt fing sie den Schlüssel von Onkel Jonas auf, um das dicke Vorhängeschloss an dem Holztor mit den Verbots- und Warnungsschildern zu öffnen.

Buttendieck war wohl kurzerhand mit seinem Pferd über den Zaun gesprungen. Mit der Kutsche ging das ja leider nicht.

Von Weitem sah das keltische Grab tatsächlich nur wie ein ganz normaler Hügel aus, nicht höher als eine große Bodenwelle.

„Kein Wunder, dass man das mit Gruselgeschichten um Geisterpferde ein wenig aufmotzen musste“, meinte Karolin. „Besonders aufregend ist das ja nicht gerade.“

Auch ihr Bruder blickte enttäuscht auf den flachen Hügel. Doch viel Zeit zum Nachdenken hatten sie nicht.

Ein reiterloses Friesenpferd stand am Rand des grasbewachsenen Hügels und fraß.

Als die Kutsche näher kam, sahen sie zwei Männer ineinander verkeilt auf dem sandigen Boden kämpfen. Ein großer Sack lag umgestürzt neben ihnen, und etwas blinkte in der Sonne.

„Der Schatz“, raunte Philipp.

„Liegen bleiben! Polizei!“, brüllte Heiner Ammen und fingerte an seinem Holster, um die Dienstwaffe zu ziehen.

Aber als Buttendieck ihn erkannte, gab er jeden Widerstand auf.

Meyerding hob die Hände und stieg rückwärts von seinem Gegner herunter. Dann klopfte er sich erschöpft den Sand von den zerrissenen Kleidern.

Harald Krämer und die drei Kinder liefen neugierig zu dem umgestürzten Sack. Es war eine Art Jutetasche, die anscheinend lange in der Erde gelegen hatte.

Vorsichtig zogen sie den Inhalt heraus. Auf den ersten Blick sah es aus wie ein großer Klumpen Erde, aber als sie ihn genauer betrachteten, erkannten sie, dass er mit allerlei Münzen und kleinen Schmuckgegenständen gespickt war.

„Was hast du dir nur dabei gedacht, Hermann!“, schimpfte der Polizist, als er die Handschellen zuschnappen ließ.

„Ich wollte gerade alles in Ordnung bringen“, meinte Buttendieck zerknirscht.

„Das ist eine Lüge!“, schimpfte der Filmregisseur. „Sie wollten den Schatz nur wieder in ein neues Versteck bringen und von hier dann in aller Ruhe nach und nach weiterverkaufen.“

„Dieser Filmfuzzi hat mich daran gehindert, den

Schatz wieder dahin zurückzubringen, wo er herkommt", widersprach Buttendieck. „Ich habe meinen Fehler eingesehen."

„Du hast uns hintergangen und Menschen niedergeschlagen, Hermann", erinnerte ihn Heiner Ammen unwirsch. „Ich weiß nicht, was wir dir noch glauben sollen."

„Und er hat Regierungseigentum verkauft", ergänzte Krämer, der sich sicherheitshalber halb hinter Schmidtchen gestellt hatte.

„Ich will einen Anwalt", meinte Buttendieck finster.

„Jetzt wissen wir auch, woher die Fundstücke im Wald kamen", freute sich Karolin und zeigte auf ein großes Loch in der Jutetasche, die den Schatz beherbergte. „Jute ist toll, aber mit der Zeit verrottet sie in der Erde."

Logbucheintrag von 17.47 Uhr

Hallo Logbuch,

wow, was für ein Abenteuer!
Dieser verrückte Regisseur und sein Filmprojekt

hatten also tatsächlich fast nichts mit der Sache zu tun. Als die Münzen aufgetaucht sind, hoffte Meyerding wohl, den Schatz zu finden und mit der Belohnung der Regierung seine Filmfirma zurückkaufen zu können.
Pech für Buttendieck: Indem der seine Fundstücke in den vergangenen Wochen herumgeschleppt und häppchenweise verkauft hat, hat er Meyerding quasi eigenhändig auf seine Fährte gebracht.
Das Filmprojekt war also kein Vorwand, sondern ehrliche Fan-Ambition, wenn auch etwas verrückt.
Buttendieck wiederum hat gefürchtet, dass der Schatz, den er schon vor Jahren zufällig entdeckt hat, im „echten" Hügelgrab nicht mehr sicher wäre, weil immer mehr Insulaner dort aufgetaucht sind und das Grab als Touristeneinnahmequelle vermarktet haben.
Also hat er ihn im Wald verbuddelt, beim falschen Hügelgrab. Da dies ja mittlerweile ganz offiziell auf allen Schildern als Nachbau ausgeschrieben ist, glaubte er, dass dort der sicherste Ort sei. Er hat nur nicht damit gerechnet, dass jemand die kulturhistorischen Hinweisschilder nicht lesen würde!
Meyerding und die ganzen Filmleute, die mitten auf

seinem Schatzversteck herumgetrampelt sind, haben Buttendieck dann wohl so nervös gemacht, dass er den Dreh verbieten wollte. Als das nicht klappte, wurde ihm der Boden unter den Füßen zu heiß. Also wollte er den Schatz ausgraben und wieder zurückbringen. Aber das ging nur stückchenweise, denn so ein riesiger Brocken wäre zu auffällig gewesen. Dabei muss er wohl aus seiner Jutetasche die eine oder andere Münze verloren haben.

Das heißt, bei unserer ersten Begegnung damals im Wald bin ich quasi mit einem Schatzbeutel zusammengestoßen!

Als Meyerding dann heute mit einem Sachverständigen und Metalldetektor aufkreuzte, brannten bei Buttendieck alle Sicherungen durch. Er hatte gerade den letzten Teil des Schatzes ausgehoben, als die beiden ihm in die Quere kamen, um hier selber zu graben. In seiner Verzweiflung und Angst, doch noch als Grabräuber erwischt zu werden, hat er sie niedergeschlagen. Da kamen dann wir ins Spiel. Und Meyerding hat sich noch rechtzeitig aufrappeln können, um die Verfolgung aufzunehmen.

Wahnsinn, oder? Feierabend für heute! Und morgen

früh dürfen wir beim Filmen zuschauen. Es darf wieder gedreht werden!
Bis zum nächsten Mal,

Philipp

Als Philipp in der Nacht aufwachte, fröstelte ihn. Er stand auf, um zur Toilette zu gehen. Die Nacht war wolkenverhangen. Leichter Nebel war aufgezogen und tauchte die Salzwiesen in ein unwirkliches Licht. Gerade als er das Fenster schließen wollte, hörte Philipp ein Pferd wiehern. Der Mond kam hinter einer Wolke hervor, und Philipp sah Lujah, Käffchen und Wildfang unbeteiligt grasen. Doch für einen kurzen Augenblick sah Philipp ganz in ihrer Nähe plötzlich einen stattlichen Schimmel stehen und mit dem Vorderhuf scharren.

Philipp rieb verschlafen seine Augen. Der Schimmel schien direkt zu ihm hinaufzusehen. Sein goldenes Zaumzeug glänzte im Mondlicht, als er sich aufbäumte und stieg. Dann galoppierte der Hengst in den Nebel davon und verschwand.

„Und das Geisterpferd des Keltenkönigs wacht über ihn und seine Schätze und alle, die es gut mit ihm meinen“, wiederholte Philipp murmelnd die letzten Worte aus Onkel Jonas’ Geschichte. Dann legte er sich wieder ins Bett und schlief einen traumlosen Schlaf.

Bibliografische Information der Deutschen Nationalbibliothek
Die Deutsche Nationalbibliothek verzeichnet diese Publikation in der Deutschen Nationalbibliografie; detaillierte bibliografische Daten sind im Internet über http://dnb.d-nb.de abrufbar.

verlegt durch Egmont Verlagsgesellschaften mbH,
Gertrudenstraße 30–36, 50667 Köln

Titelbild und Illustrationen: Peter Klaucke
Druck/Bindung: Westermann Druck Zwickau GmbH, Zwickau
ISBN 978-3-505-12365-8

07 08 / 8 7 6 5 4 3 2 1

DIE PFERDEBANDE

Karin Müller

Die Pferdebande und das Verbrechen auf der Rennbahn

Die Pferdebande und das Rätsel um Amarillo

Die Pferdebande und das geheimnisvolle Pony

Die Pferdebande und die Entführung auf Gut Hohenhain

Die Pferdebande und die Jagd auf die Satteldiebe

Die Pferdebande und der Betrug auf Schloss Rosenberg

Die Pferdebande und das Geheimnis um Zirkus Lombardi

Die Pferdebande und das Versteck im Wald

Die Pferdebande und die Verschwörung auf dem Reitturnier

Die Pferdebande und der rätselhafte Reiter

Die Pferdebande und der falsche Magier

Die Pferdebande und die Abenteuer von Robin Rotfleck

Die Pferdebande und der Fall Caruso

Die Pferdebande und der unheimliche Fremde

Die Pferdebande und der Spuk auf der Insel

Jeder Band hat 128 Seiten, ab 8 Jahre

Schneider Buch EGMONT

Die Pony-Prinzessin

Diana Kimpton

Sonnentanz reißt aus
(Band 1)

Ellas Geheimnis
(Band 2)

Im Geisterwald
(Band 3)

Das fremde Pony
(Band 4)

Die geheimnisvolle Spur
(Band 5)

Überraschung für Ella
(Band 6)

96 Seiten, ab 8 Jahre

Fiona

Dagmar H. Mueller

Fiona im Ponyglück
(Band 1)

Fiona braucht keine Sporen
(Band 2)

Fiona wird Pferdeflüsterin
(Band 3)

Fiona reitet die Herbstjagd
(Band 4)

Fiona ist im Fohlenfieber
(Band 5)

Fiona rettet Kleiner Blitz
(Band 6)

Fiona lernt Ponysprache
(Band 7)

Jeder Band hat 96 Seiten, ab 8 Jahre

Schneider Buch
EGMONT

ERLEBE DIE SPANNENDEN INTERAKTIVEN PFERDEKRIMI-ABENTEUER MIT CHRIS, KAROLIN UND PHILIPP AM PC!
© dtp young entertainment GmbH & Co. KG • Goldbekplatz 3-5 • 22303 Hamburg
DAS INTERAKTIVE PFERDE-KRIMI-ABENTEUER FÜR DEN PC!
DIE PFERDEBANDE
Weiße Stute in Gefahr
DAS INTERAKTIVE PFERDE-KRIMI-ABENTEUER FÜR DEN PC!
DIE PFERDEBANDE
und der falsche Ritter
DAS INTERAKTIVE PFERDEKRIMI-ABENTEUER FÜR DEN PC!
DIE PFERDEBANDE
Falsches Spiel bei der Pferdeshow
3+
ye dtp young entertainment GmbH & Co. KG
www.dtp-young.com
WWW.PFERDUNDPONY-SPIELE.DE
BESTELLHOTLINE: 0180-521 66 99*
Schneider Buch
EGMONT
*(Euro 0,12/Min.)

Gewinnspiel „Pferdefutter“

Liebe Pferdefreundin,
lieber Pferdefreund,

zu jedem Kapitelanfang findest du unterschiedliche Futtermittel abgebildet, die du einem Pferd zu fressen geben kannst (z. B. Heu, Hafer). Finde heraus, um welches Futter es sich jeweils handelt, und notiere das Wort! Richtig liegst du, wenn deine Antwort mit der Anzahl der Punkte übereinstimmt, die unter der Abbildung aufgeführt sind (= für jeden Buchstaben steht ein Punkt). Der Buchstabe, der dann über dem fett hervorgehobenen Punkt steht, ist Teil des Lösungswortes.
Jetzt musst du nur noch die jeweiligen Buchstaben in der Kapitelreihenfolge von 1–8 hintereinander setzen, und schon hast du das **Lösungswort**!

M a s h
●○○○

Kleiner Tipp: Wenn du das eine oder andere Futtermittel noch nicht kennst, kannst du auf Seite 125 nachschauen – dort sind alle Futterarten und ihre Bezeichnungen noch einmal abgebildet!

Schreibe das Lösungswort auf eine **Postkarte** und schicke sie mit dem **Kennwort** „Die Pferdebande und der Spuk auf der Insel“
an: EGMONT Verlagsgesellschaften mbH
SchneiderBuch
Schleißheimer Straße 267
80809 München
Absender nicht vergessen!

Du kannst ein weiteres Buch aus der spannenden „Pferdebande“-Reihe gewinnen!

Benachrichtigt werden nur die Gewinner. Der Rechtsweg ist ausgeschlossen.
Die Beteiligung ist nicht an den Kauf eines SchneiderBuchs gebunden.